文芸社セレクション

謎のゼリー状生命体

koko

JN126947

文芸社

目次

謎のゼリー状生命体

まえがき

SFファンタジー小説。

地球、それは生物の宿る銀河系の星の一部に過ぎない。そして遠い星で地球より遥かに文明の発達した生命体が母星を捨て旅立った。その宇宙船の一機が地球に向かっていた。人類に及ぼす影響はいかに？

エスミという街で15年前に起きた事件に興味を持った、生物学研究所の人物が動いていた。

公園で若いカップルが熱いキスを交わしていた時、彼女に異変が生じた。急に別れを告げ走り去ったのである。そのスピードは人間の限界を遥かに超えていた。そして彼女の遺体が後日見つかることに。すべての筋肉が破壊されていて、脳の一部が消えていた。この事件を彼女の名前から「ミニー」と名付けられた。

ミニー事件が起こる中、本署に現れたのは老女と青年だった。署長ハイムマンは面会を断ろうとしたが、事件の解明をすると言われ、話を聴くことに。

15年前に起きた事件のことを聴かされ、彼らの話に信憑性《しんぴょうせい》を感じた署長は、彼らに特別許可証を発行して協力を得ることになる。

スターシャ研究所長のマリアと助手のジョンがタッグを組み、難事件ミニーの糸口を探っていく。彼らのコンビをのちに「プラコップ」と呼ばれるように。

次々と起こるミニー事件に署長は焦っていたが、プラコップは現場を訪れ少しずつ解明に近づいていた。そして遂にミニー事件の真の犯人「ゼリー」を捕らえることに成功した。だが、それはほんの始まりに過ぎなかった。

前の遺体現場を確認すると、ゼリーは四つの個体に分裂していることをプラコップは突き止めた。

捕獲に成功して喜んでいた署長に、報告が入った。それは予期せぬ事態だった。ミニーが他の場所でも現れたと。

プラコップは謎のゼリーを調べる為に持っていた、妙な動きをするゼリーを調べていると突然、停電になった。ミニー達が変電所を襲い、こちらに向かって来る事を察知した2人はベーシックカーで朝日が昇るまで何とか逃げ延びた。だがそのことを署長は怒っていた。どうして大事なゼリーを持ち帰って、ミニーと街中で鬼ごっこをと。

プラコップはミニーの捕獲に、あの手この手の作戦を考え出し頑固な署長も頼りにしてしまう。挙げ句の果てには大統領まで巻き込む事に。そして遂に謎の巨大飛行船が出現する。その意図は？

スリルとサスペンスをコミカルに描いた物語です、ぜひ、楽しんでください。

胸騒ぎ

地球、それは生物の宿る銀河系の星の一部に過ぎない。他にも生物が遠いかなたに存在することを確認出来ていないのが現状だ。しかも文明を地球より億万年前から築いた者の存在など知る由も無い。いや、否定しているのかも知れない。現在でも生まれる星、死にゆく星があることは事実だ。

地球の存在を何百万年も前から気づいていた生命体が存在するとしたら、あなたは信じますか？　そしてその母星が恒星（太陽系では太陽にあたる）の膨張により破壊され、母星を捨て、旅立ちを強《し》いられることになった。宇宙船で１００機以上に分かれて飛び立った。その１機が地球に向かっていた。そして人間に大きな影響を及ぼすことになるのです。

そこは世界でも指折りの経済力を持った先進国の中、大都市から離れた大陸の中央に位置するエスミという広い街だった。

そこに15年程前に起きた未解決事件の解明を、ある少年から依頼され、その内容に興味を示した人物が、謎を解こうと現場に行き、何とかわずかなサンプルを手に入れ、小さな生物学の研究所で解明を進めていた。

この日も夏の影響で暑かった。夜空は曇っていて月も見えないが、雲の隙間から妙な光が漏れていた。住民達の何人かは、

「何か、変ね？　……また光ったわ？」と話していた。

それは誰もいない公園からはじまった。ベンチでは若いカップルが熱いキスを交わしていた。彼氏がプロポーズをして彼女の気持ちもハイテンションになっていた。すると突然、彼女が

「キャッ！」叫んで離れた。

「どうした？」

「何か冷たいモノが……」と気持ち悪い表情をした。

「冷たいモノ？　どこに？」

「首筋に……」髪を横にした。彼氏が首筋を見ながら

「……何もないぞ？」すると彼女は急に態度が変わり

「……私、帰るわ」と言って立ち上がった。

「ええ？　ど、どうしたんだよ？」

「どうもしないわ。じゃあ」

「お、おい待てよ。どうしたんだよ？」

「分からないわ。でも何故かあなたに興味がなくなったの」と言うと男性を突き放して歩き出した。それでも彼氏が状況を受け入れられなくて追い掛けた。すると彼女が振り向いて人差し指を振りながら一言。

「無駄よ」と言うと急に走り出した。その走りは人間の限界をはるかに超えていた。

「なんだよ……、どういうことだよ。運動音痴のあいつが？　……」彼氏は追い掛けるのを諦め、猛ダッシュして遠ざかる後ろ姿を見えなくなるまで見送った。

（熱い、体が熱いわ）彼女はスピードを上げて、ついに走行車を追い越した。そして白バイをも追い越した。

「お、おい君！」警官はスピードメーターを確認した。車ではないからスピード違反ではないが尋常ではない。サイレンを鳴らして追い掛けた。

「止まれ！　止まりなさい！」湾岸ブリッジに差し掛かった時、彼女はジャンプしてガードレールを飛び越し、落ちていった。下は別の道路が通っていた。警官はバイクを止めて確認したが彼女の姿が見当たらなかった。本署に報告したが、

「お前、大丈夫か？」と言われた。

本署に帰った警官はドライブレコーダーを見せた。

「まさか、本当か……」映像を見て周りの署員も唖然としていた。

「すぐ彼女の正体と行方を捜査しろ！　ただし、内密に進めろ」署長のハイムマンは指示した。だが世間は黙っていなかった。ニュースで別の映像から車を抜き去る彼女が流された。

現場捜査で携帯電話が発見された。

「署長、持ち主はミニーのようですね？」

「早速そのミニーとやらの捜査を進めろ。この事件を〝ミニー〟と称する」

その後、

「ミニーは自宅には帰っていませんでした。他の映像からも本人であることが判明しました」

「何処へ消えたんだ？　下の国道に設置しているカメラも分析しろ。急げ！」

翌日、ミニーは見つかった。乗用車の屋根で死んでいた。当然、ニュースは黙っていなかった。

「すぐに鑑識に回せ。それとこの車の持ち主は？」

「はい、マジェラという女性です。自宅にも戻っていません、捜索中です」

「また女性か？　う～む……」


後日、更なる事件が起きていた、銀行強盗だ。防犯カメラに写っていた犯人はあのマジェラだった。報告によると犯人を追い掛けた警備員がビルの屋上へと追いつめたが、屋上からジャンプして向かいのビルに逃げていったと言う。

「何だと？　スパイダーマンの間違いじゃないのか？」ハイムマンは思わず口にしてしまった。

「それでミニーの解剖結果は？」

「それがあらゆる筋肉が破裂していまして……」

「車の屋根に落ちた衝撃か？」問われた署員は横に首を振りながら
「いえ、衝撃の前に起こっているのだと……。それに脳の一部がえぐられています」

「衝撃が原因じゃないってことかね？　……」考え込みながら椅子に座ったと同時に別の署員が
「署長、新しい報告が」

「今度はなんだね？」

「ミニーの彼氏だったと名乗る人物が現れました。携帯に残っていた相手に間違いはありません」

「それで？」

「ミニーにプロポーズして、凄く喜んでいたと言うことですが、急に別れを告げて猛ダッシュで駆けていったと、まるで別人になったみたいだったと……」

「状況をもっと詳しく洗い出せ」

ミニーが別れたタノイ公園を捜索したが、何も見つからなかった。只、その上空で光る飛行物体が多く観られているらしく。彼氏から聴いた時間帯に近いことが判明した。

「光る飛行物体？　それがミニーと関係が？　……もっとまともな情報はないのかね？」ハイムマンは机を指で叩きながら、この事件の嫌な胸騒ぎを感じていた。

目撃者

マジェラが死体で見つかった。盗んだ現金は全部見つかっていた。使った形跡がない。その報告にハイムマンは
「はあ？　……使っていないだと？　何の為に（儂《わし》なら住宅ローンの返済に充てているが……）でっ、何処でだ？」
「銀行強盗の北10㎞付近です。スラム街で、マジェラとは縁のない場所です」
「縁がない？　だと……？」更に
「それに解剖結果がミニーと同じだとか……」
「同じ？　……、スラム街付近のカメラ分析を急げ！　少しでも怪しい人物は見逃すな」
後日
「署長、今度は宝石店が狙われました。リュックに詰め込んで逃走中とのことです」
「ミニーとの関係は？」

「分かりません。店のロックしているドアを強引に開けています」

「バールでも使ったのか？」

「いえ、工具を使った形跡がありません。ただ、逃走は車を使っていませんし、カメラでは男のようです。解析中です」

「今度は男だと？　一体どうやって忍び込んだんだ？　今度は取り逃がすな、世間に知られたからには警察のメンツが掛かっているからな」

　街をパトカー数十台で犯人を追っていた。

「署長、男の身元が分かりました、ホームレスの60歳の男です。聞き取り調査で例のスラム街にいたことが報告されています」

「60歳？　スラム街だと？　それが捕まらないのか？」

「ええ、とても人間の脚ではありません」

「老いぼれスーパーマンか？」とまたハイムマンが口にしてしまった。

　後日
「署長、宝石がスラム街のあちこちに投げ込まれていました」
「なんだと？　……老いぼれネズミ小僧？　……、奴はまだ捕まらないのか。状況か

らしてミニーとの関係は否定出来ないな、どうしたらいいんだ？　……」腕を組んだハイムマンに、署員が

「署長、ヘリから通報がありました。犯人はスラム街のビルの屋上に寝ているそうです」

「早く捕まえろ！　今度は逃がすな。周り２km範囲に網を張れ、ビルの屋上にも配置しろ」そして入れ替わりに今度は、

「署長」

「何だ！　今は忙しい！」

「面会です」

「こんな時にそんな暇はない。断れ！」椅子から立ち上がり窓に向かって腕を組んだ。

「でもこの事件の解明をすると言ってまして……」

「はあ？　解明だと？　……どこのどいつだ？」ハイムマンは組んだ腕を離して、振り向いた。

「スターシャ研究所の所長と助手の２人ですが」

「研究所？　……だと？」

署長室に入ってきたのは70代の女性と若者だった。

「初めまして、スターシャ研究所所長マリアです」名刺を渡した。

「僕は助手のジョンです」青年も挨拶をした。マリアは署長が声を出す前に、

「私は生物学の研究を主に行っています。それで……」すると

「ああ～、硬い挨拶は抜きにして、本題を聴こう。今、手が離せなくてね」署長はイライラを隠せなかった。

「分かっています。私の憶測では今回一連の事件には繋がりがあるということです」マリアは自信ありげに応えた。

「……」署長は肘を机に乗せて両指を絡ませた。マリアは話を続けた。

「それで15年ほど前にも同じような未解決事件が起こっていました」その言葉に、署長は

「どこで？」問いにマリアは

「地球の裏側ですから、こちらには記録が届いていないでしょう」

「どういった事件かな？」するとジョンがバッグから新聞を取り出した。

「これが当時の記事です」と言って署長の前に置いた。

「ん？　……謎の超人現象？」

「そこに書かれているのは、解剖の結果が筋肉の破壊と脳の一部が消えていることで

す」

面会を嫌って、さっさとお引き取りを願おうと思っていた署長だったが、記事の内容を見て、目を細めながら

「正体はお分かりだとでも？　……」メガネ越しに2人を見た。

「正体を見た者がいます」

「ほう……、誰が？」

「彼です」と言ってジョンを見た。ジョンは15年前にマリアへ調査を依頼した少年だった。今は真相を自分でも直接知りたい気持ちでマリアの助手に志願していた。

「君が？」

「はい、僕の母が超人に……」

「……それは気の毒だったね。って、君は何を見たんだね？」

「半透明のゼリー状の物体が母の首辺りから出て行くのを見ました」

「ゼリー？　……」署長の頭の上に？マークが浮かんでいた。マリアが

「未だに何だったのか解明されていません。その時に、近くの湖が殆ど涸れるという事件も起きていました。それでゼリー状が通ったとみられる痕跡のシミを調べましたら……」

「どうだったんだね？」署長は急かせるように言った。
「地球には存在しない物質でした」
「まさか……、地球外生物とでも？　……。ちょっと待ってくださいよ。スーパーマンより非現実的な話だ……」と笑った後、腕を組みながら目をつむり、頭の中を整理していた。
「早く解決しないと次の事件が起こります」マリアの言葉に
「今、その犯人を包囲している」少し自信のある署長の言葉にマリアは
「残念ながら、署長、もう手遅れですよ」断ち切るように断言した。
「なんだって？」するとドアノックと同時に署員が入ってきて、
「署長、別の場所でミニーが現れました！」衝撃的な報告に、
「何!?　男の方は？」
「確保しましたが、死んでいたそうです」
「すぐに新たな現場に急行せよ！」指示した後、彼らを見ながら
「君たちの言うことを信じるとまでは言わないが、わたしは無視することも出来ない。もっと詳しい情報をくれないか？」と署長は改まった。マリアは
「望むところです。ご好意、感謝いたします」自信に満ちていた。

プラコップ誕生

「知っていることをここで話してくれ。他には漏らさないように」
「分かっています。世間を混乱させるわけにはいきませんから」その言葉を聴いて署長は
「いいだろう、まず君の見た時の話を詳しく聴かせてくれないか？」
「はい。母はビルの屋上を飛び渡り、家に入ってきました。そして僕を見るなり苦しそうに倒れて頭を押さえていました。声を掛けるとケイレンを起こし首筋から透明なゼリーが出てきました。床から窓に向かい移動しながら窓から出て行きました」
「未確認生物だとでも？　……って、どうしたんだ？」
「すぐに警察に話しましたが、無視されました」
「あ～む、同じ警察官としては耳の痛い話だが、今１００％信じろと言われても
……」決断出来ない署長にマリアは
「無理を承知でお願いに参りました。これ以上犠牲者を増やさない為にも、ご協力く

ださい、お願いします。未知の事件を防ぐのには、私たちが必ず必要になると思います」

「う〜む……」署長は腕を組み、下を向いて考えていた。

「捕獲するには警察の方だけでは無理だと思います」マリアは言い切った。

「待て待て待て……、わたしが大統領なら何とか出来るが、わたしの上司は沢山いるし、許可を得るには……」それに対して、

「あなたのエリアなら、今、あなたの指示で動けます」とマリアは自信ありげに言ったので、署長は押されるように
「どうすればいいのだ？」

「現場や捜査に立ち入る特別許可証の発行をして下さい」

「特別許可証？」

「作ればいいのです、今！」机を叩いたマリアの瞳は70代とは思えないほど説得力があった。

「……分かった」署長はマリアの熱意に負けた。

出来上がった写真入りの仮の特別許可証を署長が渡しながら、

「っで、どうやって捕獲するのかね？」するとジョンが、

「これで捕獲します」と言って、バッグから透明なプラスチックのコップを取り出して見せた。

「はあ？　プラスチックコップ？　……」また？マークの浮かんだ署長にマリアが
「あなた方は、ゼリーが乗り移った犯人を捕らえようとしています。それはかなり無理なことです」

「どうすると言うのだ？」

「乗り移ろうとする瞬間を捕らえるのです」

「……理解出来ないが、任せよう。だが捜査の邪魔だけはしないでほしい」と釘を刺した。

「まずは鑑識に行ってきます」

「ああ、連絡しておく（あまり期待はしていないが、〝藁《わら》をも掴む〟心境だからな）」

早速鑑識に2人は向かった。

「お願いします」

「ああ、君たちか？　……連絡はきている。担当のボブだ、案内しよう」迎え入れた。

「外傷がなく、こんなに筋肉が破壊された死体は初めてだ」ボブは死体を見せながら言った。

「脳は何処の部分を？」

「どれも脳幹の一部だ」

「母と同じだ……」ジョンの言葉に、

「ん？　母と？……」マリアは、

「以前、彼の母親もこれで亡くしているわ」

「以前？」

「その時のデータはこのチップに入れておいたわ、参考にして」

「分かりました……」

　２人は再び解剖して脳を調べていた。

「ジョン、例の機器を」

「はい」大きなバッグから機器を取り出した。

「それは何です？」見張っているボブが尋ねた。

「死んだ脳から興奮度を測る機器よ。うちで開発したの」

「はあ……」ボブには初めて見る機器だ。

「１００％をはるかに超えていますね」

「予想通りだわ、他の遺体も調べましょう。ゼリーの痕跡も採取しておいて」

「分かりました」ジョンは不思議なライトを取り出し、頭部を照らした。

「ボブさん、照明を下げて頂けます？」

「ああ、いいですけど……」ボブは？マークを浮かべて照明を下げた。

　ライトに照らされた脳の一部に黄緑に光る部分があった。遺体にも当てると首筋から耳に向かって光が浮かんだ。

「耳から侵入しているようです」

「推測通りね」

「僕はあの時、イヤホンをして音楽を聴いていたから……」

「そういうことね」ボブの前でトントンと糸口の話が続けられ、ジョンが光っている所をスプーンでかき取っていた。

「おいおい、大事な遺体を荒らすな」と注意すると、マリアが
「どうしても採取が必要なの。これで新たな装置が作れるのよ」

「装置？」

「犯人を特定する機械よ」

「はあ……？」

「この事件のミニーは人間の体が限界を超え、死亡すると別の人間に取りつくの。しかもその対象が興奮状態の高い人を対象とするわ」

「はあ……」納得いかないボブに
「最初に発見されたミニーの異変は？」

「彼氏の話では公園のベンチでキスをしていたら、彼女が『何か冷たいモノが』と言った後に態度が急に変わったと……」

「多分、その時、どちらも興奮状態だったと思うわ。たまたまゼリーが彼女の首に落ちたから。落ちた場所が彼氏であれば、この事件の名前も変わっていたでしょうね。そしてゼリーが脳に取りつくとホルモンのバランスが崩れ、異性感情が薄れる。だから態度が変わったのよ」

「はあ……」ボブはマリアの完璧な推理に何も言えなかった。只、

「ゼリーって？」

「真の犯人の正体よ」

「真の正体？……ではマジェラに乗り移ったということですか？」

「さすが鑑識、勘がいいわね。彼女の運転していた車の屋根に突然の衝撃があり、その状況で興奮状態にマジェラは陥《おちい》ったと思うわ」

「だったら、スラム街にいた男は？」

「大金を見せられて、若い女性に抱き付かれたらどう？」

「確かに男の衣服にマジェラのＤＮＡが付着していました……」放心状態のボブに、

「ご納得いただけました？」

「すぐに署長に報告します」

「私達は、サーチ機械の製作に掛かるわ。ヘリのカメラに取り付ければ……」すると
「それは凄い！　分かりました。それも報告しておきます」とボブがマリアたちに敬礼した。

「では」２人は部屋を出て行った。

ボブの報告を受けた署長は
「なんてことだ……。だが少しだけ先が見えたような……。だがプラスチックコップでは……」
「はあ？」ボブの頭に再び？マークが。それ以降、２人のコンビをプラコップと呼ぶようになった。

フリーズ

「プラコップからの連絡はまだか？　あれからミニーが3件も起きているというのに……」

署長のイライラは席を立ったり、窓のブラインドの隙間から外を見たりの態度で伝わってくる。

「署長、プラコップから電話です」

「ん！」署長は急いで受話器を取った。

「ハイムマンだ！　……」続いた事件の事を言おうとしたら間髪をいれずにマリアが、

「連絡が遅れてすみません、試作品ですがカメラが数台出来上がりました」

「そ、そうか……」

「早速、警備のヘリに」

「分かった、すぐ車を手配する。それで……」

プツン！　プ～プ～……

「な、なんだ？　……」間髪をいれずに電話は切られた。捜査のペースも彼らが握っていた。署長の口の中は、言い残した言葉でいっぱいだった。

ヘリに装置の取り付けを早急に行い、３機が飛び立った。その１機にプラコップが搭乗した。

しばらくしてジョンが

「あれ！　あそこです！」

「痕跡が見えたわ。追跡して」操縦士が本署に報告しながら痕跡を追った。地上ではパトカーが集まりだした。マリアの考案でパトカーには獣を生け捕る頑丈な網を発射する銃を装備していた。

ミニーと警察のバトルが始まった。ミニーはビルの屋上をジャンプして逃げていたがヘリの追走に気づいたのか、時折、地上を走り追っ手を撒《ま》いていた。

「郊外に追い込むのよ」マリアが指示した。

「全員、プラコップの指示に従え！」と署長の檄《げき》が飛んだ。別のヘリ２機も加わった。

２時間のバトルが続いた末、郊外の廃坑になった工場に追い込んだ。

「全員、網の発射準備を！」マリアが指示をした。周りをパトカーが取り囲んでいた。

ミニーは工場の屋根から警官たちを見渡していたがリュックを外すと、中から盗んだ札束を取り出し空中に投げ始めた。

「皆、気を付けて、ミニーだけに集中するのよ！」プラコップもヘリから降りてきた。

「どうやら光には弱いようね」マリアの言葉にジョンも
「やはり照明を嫌っていますよね」

「そろそろ動くわ。全員、発射用意！　ミニーの着地と同時に捕らえるのよ」警官たちに緊張が走った。その時、北の方に助走をつけて大きくジャンプした。

ミニーが着地したと同時に、
バシュ～ン！　バシュ～ン！　バシュ～ン！

捕獲網が発射された。

照明で見えたのは網の中でもがくミニーだった。警官が、

「やったー！」と叫ぶと、マリアは
「まだ終わってはいないわ」

「え!?」一瞬で周りは静かになった。

「捕獲完了はこれからよ。もっと照明を当てて！　ジョン」

「はい」ジョンは手際よくプラスチックコップを取り出し、網に近づいた。プラコップは両側から近付き

「耳からもうすぐ出てくるわ……。出てきた！　ジョン！」

「見えました！」と言いながらジョンがコップで捕らえた。

「入っています！」

「すぐビーカーに入れなきゃ」

「バッグの中にあります」

「分かったわ」

警官たちはプラコップの様子を不思議そうに見ていた。捕らえたミニーをよそに、脇で動いているからだ。

「よし、捕獲完了だわ！　……どうしたの？　ジョン」

「あ～……、ちょっと」

「何でもいいから言って？」

「前に見たのより小さいような……」自信なさそうに言ったが、即マリアが反応した。

「何ですって？　……まさか!?」

「捕獲は？」警官の質問にマリアが
「成功したわ……、でも……」警官は興奮状態で
「署長！　任務完了です！」

「おお、やったか！　よし」その時、署長室のドアが勢いよく開いた。そして「署長！　南10kmにミニーが現れました！」と疑うような報告が。

「なに～!?」署長は受話器を耳に付けたままフリーズしていた。

ガレージに眠っているもの

別の電話が鳴った。署長はフリーズしたまま受話器を取ると、

「署長、聞こえますか?」マリアの声だった。フリーズから目が覚めたように
「あ、ああ……、どういうことかね?」

「その真相を確かめるために、前のミニーの遺体現場に向かいます」

「あ、ああ……」と答えるしか言葉が見つからなかった。

現場に到着したプラコップは、怪しいライトを取り出して立入禁止の規制テープ張られた中に入っていった。地面には遺体の状態が描かれていた。付近でバーベキューをしていたようで、足跡も数ヶ所に残っていた。

現場担当の警官に
「プラコップですけど、ここに何人いたの?」

「多分4人かと……」

「その4人の内の1人が捕らえられた人では?」

「え？　今、照合します。そうですが……なぜそれを？」マリアはその答えを言わずに、

「遺体は何時頃？」せかした。

「夜の8時頃ですが……」とマリアの質問に誘導されるように答えた。

ジョンが前の人物の遺体を象《かたど》った物を見て
「マリアさん、遺体の頭部から痕跡が見られます」怪しいサーチライトを向けていた。

「何処に向かっているの？」

「バーベキューの方向です。ん？」

「どうしたの？」警官にはプラコップの行動が地面にいくつも置かれた証拠の標識を無視して捜査しているように見え、鑑識ではあり得ない行動だった。

「ここです。見てください、4方向に痕跡が延びています」

「まずいわね……あと三つも……」マリアは慌てずに吐いた。

「マリアさんが懸念《けねん》していた分裂ですか？」

「多分……、まだ四つだったことに……」

「3件でも同時に起こると混乱しますよ？」

「そうね」その会話を聞いていた警官が

「あの～、そのことを署長に報告は？」

「そうね、あなたから報告しておいて。そしてここにいた他の3人を手配して。私たちは研究所に戻って調べるわ」と言い残して現場を去った。残った警官は真相も分からずに慌てて連絡を入れた。


謎のゼリーは彼らが持っていた。研究所に到着すると電話が鳴りっぱなしだった。署長からと分かっていたので電源を切った。

「さてと、始めるわよ」マリアの言葉にジョンは気合いを入れるように
「はい」

「これが4分の1とすると、この4倍の大きさになれば分裂するってことは分かるわ」

「これ以上分裂すると厄介《やっかい》ですね？」

「このエリア以内で捕獲しないと。それにこのゼリーは乗り移った本人しか殺していないわ」その言葉の意味がジョンには理解出来ず、

「それが？」問うと、

「重要なことよ。本来、ゼリーは人間を殺すことが目的ではないってことよ」

「……」

「勿論、あなたのお母さんは気の毒だったわ。ごめんね」ジョンはマリアの言いたいことは理解したが、母が死んだことは事実である。

「これからどうするのですか？」ジョンの問いに
「あ〜む、嫌いなのは光であることは分かったわ。だからこれの行動時間帯はいつも夜に起きているってことね」

「強い光を当てると死にますかね？」

「多分弱まるだけで死に至らないと思うわ」

「ちょっと照明を当てていいですかね？」

「兆候を見るだけなら、いいわ」ジョンはライトを照らした、ゼリーは光を避ける様にケースの中を逃げていた。それを見てジョンが
「ん？　……」

「どうかしたの？」

「見ていてください。ほら」ライトを消すと同じ場所に戻っていた。

「本当ね？　ケースを回してみて」ジョンはライトを置いてケースを回してみた。すると西の方角に移動した。何度か試してみたが同じだった。

「どうしてですか？」

「分からないわ……、最初のタノイ公園？」ジョンが地図と照らし合わせて、

「方角が違います」

「んん……」その時
プツン！

「何？　停電？　ジョン、非常ライトを点けて」

「ブレーカーも見てきます」ゼリーは西にへばりついたままだ。

「ブレーカーではありませんでした。外も消えていて、停電のようです」

「妙ね……、変電所って何処？」マリアの問いにジョンが
「ここから西？　……まさか、その方向に他の奴らがいるってことですか？」

「だとすると、ここにこいつがいることを知っていることに。危ないわ、逃げるわよ！」

ゼリーのケースを抱えてガレージに走った。ガレージのシャッターを開けるとジョンが、

「マジで？　これで逃げるんですか？　だいたい動くんですか？」ジョンが目にしたのはガレージに眠っていた50年前の小さな白い大衆車、2サイクルのサブロク・スバルだった。一応、4人乗りだが、どう見ても無理がある。

輝くサブロク・スバル

当然マリアが運転することに。

「チョークを引かないと」

「チョーク？　何ですか？」

「ちょっと黙っていて。掛かってください！」と十字を切った、

（お願いしているよ……）とケースを抱えたままでジョンは不安を隠せなかった。

キュルキュル、ボッボッ、ドル～ン！

「掛かった！」

「マリアさん（エンジンが掛かったくらいで感動している……）」

「さあ行くわよ！　取っ手に捕まっていてね」

「どうしてこれなんですか？」

「予算がなかったの。Ｇｏ！」

ブ～ン！

かなりの加速だった。

「走りますね？」

「エンジンをボアアップしているからね」

（そんなお金があったら新車を買えばいいのに……）とジョンは思った。

「時刻は？」

「5：30です」

「朝日が昇るまで逃げ切れるかしら？」

「本署に向かった方が……」

「間に合わないわ、奴らは道なりではなく、直線で来るからね。ゼリーの向きは？」

「左寄りです」

「じゃあ右ね」

キキキキー！　ブーン！

彼女は70代とは思えないほど軽快にシフトを操っていた。

「なんか楽しそうですね？」とジョンが問うと
「そう？　緊張しているわ」

「緊張？」

「エンジンがいつ止まるか分からないもの」想いも寄らない言葉に

「え!?（そういうこと）……」

「これを付けて」と下から取り出したのは赤い回転灯だった。

「これはいつ借りたんですか？」

「一回この車に付けて走りたかったの」その言葉にも
「はあ……」天井に手を伸ばし。

「あれ？　引っ付かないですよ？」

「あ……、そうだった。天井はプラスチックだったわ」と言って笑っていた。ジョンは電源を切って下に置いて
「あ」

「どうしたの？」

「ゼリーが右に……」

「いよいよ来たわね、左に曲がるわよ」

キキキキー！

タイヤの鳴き声が響いた。シフトを上げ、更に加速していった。

ブオ～ン！　ガタガタ……

「大丈夫ですか？」

「さあ、ここまで回したことがなかったから、フフフ……」マリアの仕草にジョンは

（やっぱり、楽しんでいる……）

「後ろから3体が来ているわ」マリアの言葉に、ジョンが後ろを見ると、薄明かりで走ってくる3体が見えた。

車は少しの段差でもジャンプしていた。

「わあ！　マリアさん、もう限界です。これを渡しましょう、そうすれば奴らも……」

「ダメよ」

「どうしてですか？」

「今、私は興奮状態だから……」

「あ〜……」

朝日が昇り始めた。

「奴らが諦めたようです」後ろを見ながらジョンが言った。だが、脚はガタガタ震えていた。

「何とか逃げ切れたようね？　こいつのおかげね」得意そうに愛車をホメていた。

車を止めて、マリアが車のボンネットを撫でながら

「ご苦労さん」

朝日の中で白いサブロク・スバルが鮮やかに輝いて見えた。

ほらまた！

署長はカンカンだった。

「君たちは何をやっているのかね？　早朝にミニーたちと鬼ごっこをして爆走していたと報告が入っている！」

「鬼ごっこ？」ジョンは横でちょっと笑っていた。マリアは真剣に

「奴らにゼリーを奪われないために……と」

「なぜすぐに本署に持ってこなかった？」

「こいつの弱点を知るために……」

「まあいい。あんなポンコツ車で１００キロ走るなんて危険にもほどがある」

「あら？　失礼ね。それとも心配してくれているの？」マリアがほのめかした。

「事故でも起こされたら仕事が増えるし、ニュースの餌食《えじき》になるからな……。それで何か分かったのか？」署長が本音を漏らした。その問いにマリアは

「はい、奴らは昼間の日当たりを避けていることと、このケースを見てください」す

るとジョンがケースを署長の前に置いた。

「うっ……」署長は椅子から後ろへと立ち上がった。

「大丈夫です。この状態なら子供でも捕まえられますが、奴らが取り返しにくるということです。奴らはこいつの居場所を知っています」

「それは危険だ」ジタバタする署長にジョンが
「でも逆に言えば、こいつで奴らの居所が分かります。夜になる前に捕らえましょう」

　意外なジョンの言葉に、署長は
「何だと？　どうやって？」少し声のトーンが高くなった。

「こいつが仲間の方向を示します」ジョンがゼリーを指差した。

「なんと……。ではオトリとしても……」

「奴らもバカではありません。現に私たちの襲撃の前に変電所を襲い、停電させてから狙ってきました」マリアはキッパリと言った。

「じゃあどうするのかね？」

「日が落ちる前に、こちらから行きます。夜になると不利になりますから」

「ん〜む……」署長が腕を組み悩んでいるとマリアが

「早く行動しないと時間がありません！」答えを急がせた。

「いいだろ、君たちは休んでいなさい」

「そんな悠長《ゆうちょう》な事は言っていられません。奴らがまた分裂したら……」

その言葉の状況を思い浮かべると、署長は慌てて撤回するように、

「……分かった。同行してもらおう」低く答えた。

署長が自ら指揮を執《と》った。数十台のパトカーと白バイを配置させて専用車に乗り込んだ。プラコップも一緒だった。

「よし始めよう」ジョンが方位磁石を持っていて
「北に向かってください」

「北に走らせろ！」一行が出発した。

しばらく走ると
「次を左へ」ジョンはゼリーの動きを見て指示を出していた。

2時間後、

「あれ？」ジョンが言うと、署長は不安げに
「どうした？」

「行き過ぎたようです。バックしてください」

「何？」マリアが

「近いって事ですよ」と言うと、Uターンしてすぐジョンが

「ストップ」その言葉に署長が俊敏に

「この付近にいるはずだ。周囲を通行止めにして捜索に掛かれ！」

　そこは繁華街だった。

「何処から手を付けていいんだ？」ほのめかす署長に

「日が当たらなくて、照明のない所？　地下室などは？」マリアが言うと、

「よし、重点的に調べよう」

　本車の周りに網銃を持った十数人の警官が囲んでいた。

「私たちも降りて捜索しましょう」

「気を付けてくれ、君たちじゃなく、他の者まで巻き込むからな」

「分かっています」彼らに３人の網銃を持った警官が同行した。

　いたる所へ警官が立ち、繁華街から一般客を追い出していた。ビルの地下室に下りて行くと、もう先発隊が捜査していた。

「おかしいわね。奴らも近くに来たことに気づいているはずだわ？」マリアの前を歩いていたジョンの脚が止まった。

「どうしたの？」

「何だろ？　何か聞こえたような……」警官たちはその言葉に怯えたようにライトを振り回していた。

「ほらまた！」ジョンが壁に耳を当てていた、マリアも耳に当て

「え？　……」そして2人同時に

「地下鉄だ！」道路沿いを地下鉄が走っていた。

接触不良ね

「なんだと？　地下鉄だと？　地図をここへ持ってこい。我々のいるところはココだ……。確かに地下鉄が通っている……」

「この辺りはスサミ駅からツーバキ駅の中間点ですね」ジョンが示した。

「早速、二手に分かれて侵入するか……」署長が腕を組み言うとマリアが
「電車はどうします？」

「そうか……、電車か……」署長は頭を抱えた。

「考えたものね、賢くて頭が下がるわ」

終電は深夜だ、奴らにとって恰好《かっこう》の時間帯だ。

「困ったわね。夜になれば必ず取り返しに襲ってくるわよ」

「スサミ駅とツーバキ駅に配置しておこう。奴らなら昼間でも地下なら移動するだろうから。対策の練り直しだ」

「でも守りきれるかしら？」マリアが署長をつつくと

「こいつを本署に置いておけば、君の研究所より安全だろう？　多くの警官が守っているから入ってはこられないだろう」その返答にマリアは
「そんなに楽観的な考えで収まるかしら？」
「楽観的だと？　とにかく対策が決まるまで帰って休んでいてくれ」
本署に到着して署長が車から降りて行った。それを見てマリアが
「ジョン……」
「分かっています」ある行動を取った。

署長が入り口まで来てプラコップが付いてきていない事に気付き、

「おい、どうした？」すると別の警官がケースを持ってきて、

「自分たちの車で帰るからと言っていました」

「そうか……」と言いながらゼリーを確認して
「一番奥の留置部屋に置いて厳重に見張るんだ。徹夜組を増員せよ、儂も泊まる」完璧な指示を出すように言った。

「了解しました」

地下鉄の2駅には100人態勢で見張らせていた。勿論地上でもパトカーが十数台

料金受取人払郵便

新宿局承認

7552

差出有効期間
2024年1月
31日まで
(切手不要)

郵便はがき

1 6 0-8 7 9 1

1 4 1

東京都新宿区新宿1－10－1

(株)文芸社

愛読者カード係 行

お名前《ふりがな》			明治 大正 昭和 平成 年生 歳	
ご住所《ふりがな》	□□□-□□□□			性別 男・女
お電話番号	(書籍ご注文の際に必要です)	ご職業		
E-mail				
ご購読雑誌(複数可)		ご購読新聞 新聞		

最近読んでおもしろかった本や今後、とりあげてほしいテーマをお教えください。

ご自分の研究成果や経験、お考え等を出版してみたいというお気持ちはありますか。

ある　ない　内容・テーマ(　　　　)

現在完成した作品をお持ちですか。

ある　ない　ジャンル・原稿量(　　　　)

書　名			
お買上 書　店	都道 府県　　　市区 　　　　　郡	書店名	書店
		ご購入日	年　月　日

本書をどこでお知りになりましたか?

1.書店店頭　2.知人にすすめられて　3.インターネット(サイト名　　　)
4.DMハガキ　5.広告、記事を見て(新聞、雑誌名　　　)

上の質問に関連して、ご購入の決め手となったのは?

1.タイトル　2.著者　3.内容　4.カバーデザイン　5.帯

その他ご自由にお書きください。

(　　　　)

本書についてのご意見、ご感想をお聞かせください。

①内容について

---

②カバー、タイトル、帯について

弊社Webサイトからもご意見、ご感想をお寄せいただけます。

ご協力ありがとうございました。

※お寄せいただいたご意見、ご感想は新聞広告等で匿名にて使わせていただくことがあります。

※お客様の個人情報は、小社からの連絡のみに使用します。社外に提供することは一切ありません。

■書籍のご注文は、お近くの書店または、ブックサービス(0120-29-9625)、セブンネットショッピング(http://7net.omni7.jp/)にお申し込み下さい。

待機していた。

街行く人もこの事件を知ってからまばらだった。内密にしても報道で世界へ広がっていた。

２人はサブロク・スバルで研究所に向かっていた。

「サンプルは？」マリアが言うとジョンが
「ここに」と言って胸ポケットを軽く叩いた。

終電車が通り去ると、駅で配備している警官は緊張していた。

「現れたら発砲しても構わん！　何としても食い止めろ」が署長の指示だった。網銃と散弾銃が線路の奥に向けられていた。

「妙に静かだなあ……、奴らも臆したか？」署長はソファーで横になっていた。

深夜２：00頃。

「交代だ」と言いながら３人が留置部屋に入ってきた。

「まだ時間じゃないけど？」と言って時計を見ると、
ボカッ！　ドス！

「なんだ？　騒がしいな……。気のせいか？　……ｚｚｚ」署長の眠りは深かった。

翌朝

「署長！　大変です！」

「ああ、もう朝か。どうした？」

「ゼリーが奪われました！」

「なんだと!?　どうしてだ、現場はどうなっているのだ」

「それが地上に手配されていた者が３人倒れていて、警官３人が行方不明です。おそらくミニーに取りつかれたのかと……」

「すぐ防犯カメラを解析せよ！　……しまった！」


スターシャ研究所のソファーに眠っていた２人を起こしたのは電話だった。

「あ〜、よく寝たわ」

「僕も久しぶりに爆睡しました」

「朝っぱらからうるさい電話ねえ？」

「きっと、署長じゃないですか？」

「まさか……」

ジョンの言う通り青くなった署長からだった。プラコップに出頭要請をされたので
「昨夜の実験結果なら、良しとするしかないか……。さて、エンジンが掛かるかな？

サブロクちゃん。……あれ？」キーを回したがサブロクの反応がない。

「ウンともスンとも聞こえませんよ？」やっぱりというふうにジョンが言うと
「あ〜、電源ランプが点いていないわ」

「バッテリー上がりですか？」

「ヒューズかも？」外に出て、フロントボンネットを開けて管ヒューズを見ると
「切れていないわ、接触不良ね」と言ってマリアは工具から紙ヤスリを取り出して接触部を磨いていた。

「マリアさんそんなのんな気な事をしている場合じゃないでしょ？」

「ヨシッと。まず目の前の問題から解決するべし」

「それは前から聞いていますけど……」

「さてと、掛かって！　ランプが点灯した。行くわよ」

キュルキュル、ブイ〜ン！

エンジンは快調に吹き上がった。

世間ではこの状況を多くの人が見守っていた。ミニーに殺された親族は速やかな遺体の引き取りと解決を警察に強く要求していた。また報道にはどこからか強い圧力が掛けられたのか、報道の自粛が見られた。それをマリアは不安に思っていた。

（普通じゃないわ……騒ぎがもっと大きくなってもいいはずよ？　まっ、こちらとしては動きやすいけど……）

標　的

出迎えた署長は昨日とは打って変わって、小さい態度だった。

「あ～……実は……」

「鬼ごっこより、悲惨な結末でしたわね。まず成り行きを説明してください」マリアは失態を責めることはしなかった。

署長の説明を聴いてマリアは
「なるほど、戻ってきた3人の警官はミニーだったと……。だったら駅以外の出入り口があったということですね？　ん～ん……」署長は小さくなるばかりだった。

プラコップは遺体の現場に向かった。現場の警官に
「遺体の他に何か変わったことは？」

「パトカーが1台、盗まれました。今捜索中です」

「他には？」

「他にはですか？　……遺体の近くのマンホールの蓋《ふた》が開いていました……」

「マンホール？　……、何処ですか？」案内されて、ジョンが
「マリアさん、もしかして？　このマンホールと地下鉄が続いていたと？」

「あり得るわね。この辺の詳しい地図を」警官に言った。

「了解しました」

　ジョンがマンホールの蓋を開けようとして
「指紋を採ってもらったら、入りましょうか？」手を止めた。

「そうね、例の物は？」

「持ってきています」

「早速使うとはね……」ジョンがバッグから取り出した。マンホールの位置は昨日、捜索した付近だ。昨日の位置まで歩いて戻って、ジョンはバッグの中を覗き込んだ。

そして
「昨日とは違いますね」

「同じ場所にはいないってことね？　学習能力があるわね、これを持ってきて正解だわ」

　地図を持ってきた警官はプラコップの行動が読めなかった。

「あのマンホールは何処？」マリアの問いに

「ここです」と警官は地図に指差した。

「地下鉄に沿って下水道が続いているわ……、賢いわね。あ、そこのマンホール内の指紋を採取しておいて。それから署長には、ミニーはここにいないから駅にいる警備を解除するようにと」

「え？　解除ですか？」

「そう、長時間の警戒で疲れていると思うわ」

「はあ……」

指紋を採り終えると、プラコップが入ろうとしたので警官が

「ちょ、ちょっと待ってください。危険です」プラコップを止めた。

「大丈夫よ、ここにはもういないから」

「署長に連絡してから……」慌てて署長に連絡していた。

「やはり2人で行くのは危険だそうです。自分たちが同行します」と言ってパトカーから網銃と散弾銃を取り出してきた。

「自分が先に入ります」警官が先に入っていった。

下は地図通りに下水道だった。

「昨日の場所は？」

「こっちじゃない」常に警官が前を歩いた。署長から「プラコップを守れ」という指示が出ているのだろう。20m位歩くと警官が

「あ！」

「どうかしました？」

「横穴があります」ライトと銃口を向けながら言った。

「ジョン」

「大丈夫です、そちらの方向を示していません」

「じゃあ行きましょう」警官は少しへッピリ腰で進んでいた。すぐに電車の音がした。

「あ！」

「何？」

「これです」警官の示した所を見ると、食べ物のトレイだった。確認しようとマリアが近付くと

「触らないでください。鑑識を呼びます」

「色々とややこしいわね？……どうやら生肉のようね。火の気は見当たらないから、そのまま食べたようね」するとジョンが慌てるように

「マリアさん、方位が移動しています」

「え？　マズイわね」

「これが狙いですかね？」

「そのようね、早く外に出ましょう！」警官は不安そうに、

「どうしました？」

「奴らがこちらに向かっています、早く出てください！」

「分かりました！」

全員が外に出た頃、ジョンが
「下に来ているようです」警官がその言葉を聴いてマンホールに銃口を向けた。

「昼間だから出てこないと思うけど……。私達は本署に戻るわ」警官は本署に連絡して応援を要請していた。

「これを標的に来ますかね？」ジョンの問いにマリアは運転しながらうなずいた。

署長の一言《ひとこと》

本署に戻ると署長が待っていた。

「君たちは……いったい何を知っているのかね?」とご機嫌斜め、それにマリアは
「あ~む、サンプルをちょこっとスプーンで頂きました」さりげなく答えた。

「サンプル?」署長が椅子から立ち上がった。

「ジョン、見せて」ジョンはバッグから例の物を出して見せた。

「こ、これは? もしかして例のゼリー? ……」

「そうです」の返答に、署長はドスッと椅子に戻って
「君たちのやっていることは……。あ~……」後の言葉が出てこなかった。そして
「……んん、盗まれたパトカーは見つかった。君たちの研究所の近くだ」

「危なかったわね……」

「警官は顔写真を手配しているが……」

「コンビニ以外は休みですからね。それともう1人加わりましたし……今夜も山場

ね」

　マリアも腕組みをした。

「何か対策でも浮かんだのかね？　それを狙いに来るなら、オトリ作戦でも……」

「考えましたが、ここでも難しいですし……」

「留置部屋で、今度は決められたメンバー以外は標的として捕らえればいいのでは……」署長も苦肉の策だと理解した上の意見だった。

「窓からの侵入には？」

「一部を除いて鉄格子が付けられている」

「彼らのパワーは鉄格子を曲げて侵入することだって可能だし、壁でも大型トラックで突っ込んでこられたら……、しかも相手は超人です、室内の接近戦になれば銃は使えませんから侵入を許すと……」マリアは署長の意見を完全否定するように言った。

「それは……、あ～む」即答は出来なかった。署長は諦めたように
「君たちの考えを聴かせてもらおう？」

「時間稼ぎにしかなりませんが。ジョン、例の板を」ジョンはバッグから小さなプレートを取り出した。

「それは？」

「見ていてください。これを」ゼリーが入っているケースの壁にくっ付いている方角にプレートを立てると
「ゼリーが離れた？」署長はゼリーの動きを見ていた。

「これは？　……」

「ゼリーたちがお互いを引き合う信号を分析しました。それを遮断する物質を練り込んであります」

「なんと……、君たちには……」

「おかげで睡眠時間が半分です」それを聞いた署長は
「すまん、これを囲むケースは？」

「今から帰って夜までには完成させます」

「分かった。すまないが完成を急いでくれ」

帰りはサブロクの前後に護衛パトカーが挟んでいた。

「ただでさえ目立つ車なのに、これじゃあ……」ジョンの言葉に、マリアは
「奴らには車の良さなんて興味などないわ」軽く答えた。

「はあ……（そういう意味じゃあ……）」

日が落ちる前に特製ケースが完成した。本署に向かう時も護衛パトカーがサンドイッチしていた。すると、

ガシャ～ン！　ズズズ～

「なんだ？」ジョンが後ろを振り向くと特装車ワゴンが後ろのパトカーに体当たりをしていた。

「まさか?!」

「のようね」マリアもバックミラーで確認していた。

「どういうことです？」

「奴らは警官の記憶を読み取ったのよ。このままじゃあ大事なサブロクが潰されるわ」

「わー！　追いついてきますよ！」ジョンが叫ぶと、

「しゃらくせー！　行くわよ」マリアはシフトダウンをしてアクセルを踏み込んだ。

ブ～ン！

前のパトカーを追い越して加速をしていった。

「マリアさ～ん！」

追い抜かれたパトカーもスクラップになっていた。激しいカーチェイスが始まった。

サブロクはスピードを落とさず、対向車線に入り、対向車をかわしながら交差点を無理やり左折した。

「これじゃあ、僕たちもスクラップになりますよ～！」特装車ワゴンはガンガン他の車を潰しながら追ってきていた。するとマリアは

「抜け道を見つけたわ」

「まさか!?　わ～！」歩道に有る地下街の狭い入り口だった。

「キャ～！」沿道はパニック。入り口をギリギリで、

ガタガタガタガタ……！

後で、

ガシャ～ン！

特装車ワゴンが入り口でグシャッと潰れていた。

地下街のパニックをよそにマリアは

「撒《ま》いたようね」ジョンは震えが止まらず

「マ・リ・アさ～ん」

「出口を見つけたわ、つかまって！」

「ヒッ！　マジですか?!」狭い階段の明かりがジョンには恐怖に映った。

ドン！　ガタガタガタ！

「キャ〜！」地上に出るとパトカーたちが右往左往の大パニック！

本署に着いたらマリアが

「これじゃあ足回りがガタガタね……（またお金が……）」

「僕もガタガタです……」脚を震わせながら、ジョンは涙目だった。

署長は怒りを通り越して

「君たちがやっていることは！　……はあ。奴らと変わらん……」と気力のない一言。

犬と猫？

特殊ケースの効果があったのか、本署の夜は無事に越せた。

「さて、これからどうするか……」プラコップの遅い出迎えに署長は何も言わなかった。

マリアは今までとは違う表情で
「これ以上延ばすと厄介だわ。そろそろ……」

「まさか……分裂を……」署長はマリアの真面目な表情と態度でビビっていた。

「そのまさかよ、４体が４体に分裂すると？」

「じゅ、16体!?」署長は青くなった。

「今回の作戦が成功しなければね」

「何かいい策でもあるのかね？」

「署長がおっしゃっていたオトリ作戦ですけど……」

「あれを使うのかね？」

「失敗にするわけにはいかないわ。でもここでは市街地でとても不利だわ、まず作戦に使う場所が必要だと思うの」マリアは確信があるように言った。
「たとえば？」
「地下鉄や下水道がなくて、跳躍力も考慮して広い空き地が必要だわ」
「そんな都合のいい場所は……」諦めた署長に変わって、ジョンが
「グラウンドでもいいのですよね」と提案した。署長は
「んん〜、グラウンドか……」
「確かにいい提案ね。球場ならトラックの侵入も防げるし、郊外で地下鉄の無いグラウンドを手配していただけます？」プラコップの提案に
「勿論何とか手配しよう。だがそれだけでは奴らを全部捕らえるのは……」
「無理ね、前の廃工場の様に1体のみを捕らえるのなら何とかなるでしょうけど、4体で来られると、かなり難しいわ」
「君たちが開発してくれたサーチカメラはローラ大統領の指示でかなりの数を生産中だ。それと各警官に網銃とこれを所持させている」と引き出しから自信ありげに取り出した。それを見てマリアは
「プラスチックコップ……、それだけでは……」

「他にいいのがあるのかね?」ジョンがバッグから取り出し、机に置いた。

「これの生産も急いでください」

「そのサングラスが?」

「サーチメガネです」

「サーチメガネ?」

「相手が警官でもミニーを見分けられるようになっています」署長が手に取り
「これは凄い、生産を急ごう」

「それと最後の仕掛けに……」何やらを付け足した。

「分かった」するとマリアが急に低姿勢になって
「あの～、署長」

「何だね?」

「開発費は出ますか? 予算が～」マリアは流すような口ぶりで言うと
「ああ分かった、予算も大統領に頼んである。心配はいらない」

「良かった、車の修理が出来るわ」

「まさかあの車の?」署長の眉が片方吊り上がった、

「勿論!」

「出来ればいかさないほうがいいんだがね？」ジョンも署長の言葉に小さくうなずいた。

マリアたちは車を修理に出し、次の研究に入った。

「あまり時間がないわね」

「でもマリアさん、これで人が死ぬ確率もありますし。今回の作戦には」

「分かっているわ。でも研究者として必要なの」

「分かりました……」２人は黙々と研究開発にのめり込んでいった。それはゼリーの効力を秘めたドラッグだった。

数日後、特定のグラウンドも決まり配備した。グラウンドの真ん中に掘っ建て小屋を設置して特殊ケースを外した。ゼリーは南にへばり付いていたが西へと移動しているようだ。

変電所も警備で固めていた。球場の照明はこれでもかと言わんばかりに明るかった。

ところが。

パスン！

照明が消えた。一瞬でグラウンドは暗くなり、待機していた警官に困惑《こんわく》が走った。

署長は、

「なんだ？　補助用の照明を点灯しろ！　変電所は？」

「署長、変電所は無事のようです」

「どういうことだ？」うろたえる署長とは対照的に、

「ゼリーが北寄りになっているわ、地図をここへ」マリアは落ち着いていた。ジョンも、

「ここに一番近い地下鉄駅は、ここですが、方向から行くとこの球場の北西の下水道地点ですね。近くにいくつかのマンホールがあります。おそらくこの辺でケーブルを切断したのでは」冷静を保ち助言していた。

「ああ……、そこは警備をしている。出て来きたところを一網打尽《いちもうだじん》だ」

「そんなにうまくいくかしら？　奴らを甘く見ないで」

「分かっている。サーチカメラの様子は？」

「まだ確認がされていません」

「う～む、やはり地下か……」その時、
ドカ～ン！　ガシャガシャ！　ザー……

「な、何だ!?」

「署長！　正面側から大型トラックが突っ込んできました。パトカーを突破され正面入り口で停止しました」

「奴らは？」

「消えています」

「まずいわ、ゼリーが南の方向に向いているわ。あれはオトリだったかも」マリアの判断は正しかった。

「署長、南の照明灯に現れました」あっけなく球場に侵入を許した。

「すぐに狙撃しろ！　頭を狙え」２ヶ所からスナイパーが発砲した。命中したようで1体が落下してきた。警官が駆けつけプラスチックコップで捕らえた。

「確保に成功しました！」

「よし！」

「残りは球場内を逃げ回っています」ジョンはゼリーを見ていた。

「ここから一歩も出すな！」２体が突破してマウンドの小屋に入った。

「今だ！」

バシュ～ン！

音と共に小屋が四方に倒れた。中の網に2体がもがいていた。小屋にもマリアの提案で網の発射機を設置していたのだ。
警官たちはプラスチックコップに持ち替えて捕らえた。
「捕らえました！」
「よし！　やったー！」署長は握り拳の両腕を上げた。するとマリアが
「まだ1体が残っているわ！　探して」マリアに言われて、慌てて捜索を行った。
「見当たりません」
「この中にいるかも？　捕らえたモノをこちらへ持ってきて」警官たちはお互いを
サーチメガネで確認し合いながら捕らえたゼリーを持ってきた。
「こちらのゼリーは小さく、二つは大きいわ……残りの1体は何処に？」マリアは胸
騒ぎがした。
球場の捜索は続けられていた。マリアたちは一旦、球場から車に戻っていた。球場
では電源も復旧して捜査が続けられていた。
2人は車の横で考えていると、その前を犬と猫が通り過ぎていった。ジョンがそれ
を見て
「んん？　……」
「どうかしたの？」

「あ、いや、あの犬と猫が球場からきましたね……」マリアも見ながら
「あの子たちがどうかしたの？」
「普通、犬って周りの臭いを嗅ぎながら歩きますよね、それも猫も真っ直ぐと……」
「え!?　まさか……」マリアはポケットから例のメガネを掛けて
「あ！」メガネで見ると２匹が光っていた。

直談判《じかだんぱん》

「追い掛けるわよ！　乗って」

「ええ!?」

「早く！」

ブ〜ン。

奴らは気づいたように走り出した。

「網銃を」

「分かってますけど、狭くて……」リヤに置いている銃に体をひねりながら手を伸ばしていた。

「あ、ヤバいわ」奴らは道路脇の用水路に入った。

「あ〜〜」車を止め、諦めた。

「人間だけじゃなかったんですか?」ジョンが用水路の入り口に銃を向けながら言うと
「そのようね……。抜かっていたわ。戻りましょう」

現場の球場では盛んに捜査を続けていた、最後の遺体がロッカー室で見つかってい
た。鑑識も到着していた。署長は
「君たちはこんな時に何処へ……」

「署長、遺体が見つかったのですね？」

「ん、そうだが、どうして知っている？」

「逃げて行くのを見かけ、追い掛けたのですが逃げられました」

「何処でだ？　こちらのサーチカメラには捕らえていないぞ？」

「とにかく現場を見せてください」

「……こっちだ」選手の控室だった。マリアは警官に
「ここに犬と猫はいませんでしたか？」

「4匹いましたが……」ジョンは例のライトで痕跡を調べていた。そして、

「マリアさん、ここで分裂してペットケースに移動しています」それを聴いた署長が
「なんだって？　まさか……」

「そのまさかのようです」マリアはあっさりと答えた。

「また4体……」頭を抱えた。

「今度は2体のようです。何処かで人間を襲っているかもしれませんし、そのままの

可能性もあるわ」

「どうすればいいのだ？」署長は帽子をクシャクシャにしながらウロウロしていた。

「犬と猫の写っている画像をすぐ手配して。まだ負けたわけではないわ、こちらに捕まった方が多いのだから諦めないで」マリアが署長をなだめた。

「……確かにそうだが」シャキッとなって署長は帽子をかぶり直し
「次はどうするのかね？」と2人に問うた。そして一息置き署長は吐くように
「このままでは政府特別捜査機関にこの事件を譲る事になる。もう動いているだろうが」

「TSKですか？」

「そうだ、そうなれば君たちの権限も取り上げられるだろう」

「まずいわね……」

TSK、それは政府直属の警察の一部で、大きな権限を持っていて、有罪にする為に強引な捜査方法が横行している組織だ。彼らに掛かれば、この世から闇に葬りさせられる。

「彼らに渡れば街中の犬と猫の殺処分に移行するだろう。強引な機関だからな。すでにゼリーの引き渡しを要求してきている。彼らはこの事件さえも消そうとするだろう

……」署長も望んではいない様子だった。

「困ったわね、事件だけでも面倒なことになっているのにＴＳＫが乗り出すと、ゼリーの分析が終わり次第、殺処分するでしょう」と言うマリアに署長が
「それが問題だと？」

「大いに問題よ。このゼリーの持ち主は誰か？」

「持ち主？　……考えたこともないが……」

「地球人？」

「う、……君は何が言いたいのかね？」署長はその答えを恐れるように問うた。

「私の言いたいことはもうお分かりでしょう？　これはこの国だけの話ではなく、この地球全体に関わることなのかも……」署長は腕を組みながらウロウロして
「分かった、大統領に直談判してみよう……。とにかく捕らえたゼリーはどうするんだ？」

「私に考えがございます。お預かりしていいですか？」

「でも奴らが……」

「大丈夫です、予備のケースは製作済みですから」

「……分かった、預けよう。でも時間がないぞ？」

「承知しました」

特殊ケースに入れたゼリーを持って研究所に戻って来た2人は

「どうします？」ジョンの問いに

「そうね、まずはTSK対策ね」

「TSK対策？」

始まり

　2日後、ハイムマン署長に命令が出た。相手はTSK対策課長のゲノームだった。

「もうお分かりだと思うが例のモノをこちらに引き取らせてもらうから、情報も全て準備をしてください。まあ当てにならない情報でしょうが」

「あ～む」

「聞こえませんでしたか？　これはお願いではなく、命令です。この事件は全てこちらに渡してください。では」通話は切れた。署長も切れた。

「チッ！　何様だと思っているのだ！　……そうだ、直談判をしておかないと……」

　署長から報告を受けた2人は早速、例のモノを持って本署に向かった。勿論パトカーが護衛していた。

「護衛の必要がないって言ったのに」マリアにジョンが
「でも、この方が本物らしくて……」

「シー……」マリアは人差し指を口に当てた。

署長室の椅子に座ってふんぞり返っていたのはゲノーム課長だった。

「いやー、随分待たせてもらったよ、ご苦労だった。本当に君たちがプラコップかい？　噂を聴いていたが、ごく普通の青年と老人じゃないか？」マリアが一歩前に出たのをジョンが止めた。

「例のモノをここに置いてさっさと帰りたまえ、ご苦労。それではわたしも失礼するよ」と言い残し、部下が3ケースを持って出て行った。

署長はゲノーム課長が車に乗ったのを確認して2人に
「本当にすまん」と謝った。

「いいんですよ、それより、あなたの方が可哀そうだわ、あんな奴が上司なんて」と慰めた。

「でもいいのですか？　本物を一つ渡して」ジョンが言うと署長が
「一つ？」

「ええ、少しは痛い目に遭えばいいのよ」

「どういうことなんだ？」不安が一つ増えたように言った。するとジョンが
「実は二つは偽物です、寒天と片栗粉などを混ぜ合わせてゼリーを作りました」あっけらかんと話した。

「ええー！　……なんと。って、どうして一つを？」マリアが時計を見ながら
「そろそろね、ジョン、ライトを」

「はい」と言うとバッグから取り出した。

プツン
電灯が消えた。ジョンがすぐにライトを点けた。

「まさか……」署長が外を見たら真っ暗だった。

「さあ、ショータイムが始まったわ」マリアは得意そうに言った。

「君たちは……。ところで他の二つは？」

「冷蔵庫の中よ」

「はあ？　……」

後日の新聞に大きく「ＴＳＫが襲撃される！」と見出しを飾っていた。二つのゼリーを残して消えていったと。

「これからどうするんだ？　儂らはあまり手が出せん。君らのことは大統領に伝えてある、きっとローラ様ならお分かりになるだろう」

「ありがとうございます。署長には逐一《ちくいち》報告します」

「分かった」

研究所に戻った2人は冷蔵庫から出して驚いた。ゼリーがベッチャリとしおれていた。

「どういうことかしら？　すぐに細胞を調べましょ」

一部を顕微鏡で確認してみたら、ジョンが

「動いていません」

「ええ？　死んでしまったってこと？　見せて」

「寒さに弱いってことですかね？　死んでしまったら何にもならないんじゃ……」と言うジョンにマリアが手を挙げ

「待って、……少し動き出したわ。良かった……弱点がまた一つ見つかったわね」

「マリアさん、早くケースをかぶせないと」

「そうだったわ」

2人の研究はまだまだ始まりだった。

プラコップVS《バーサス》 TSK

「必ず彼らは取り返しに来るわ」マリアの言葉にジョンは、

「彼らって、ミニーですか？　TSKですか？」

「違うわ、勿論、彼らも含まれるけど……」

「以前言っていた持ち主のことですか？」

「そう、それまでこのゼリーを保有して他の奴らをこのエリアから出さないようにしないといけないわ」

　一方、TSK側では昨夜の事件で本気モードに入ったようだ。ゲノーム課長のメンツは丸潰れだったからだ。上司から今度しくじると課長を降ろすと言われていた。

早速、顔にバンソウコウを貼ったゲノーム課長が現れた。署長は
「わたしは何も隠していませんよ。なんなら署内を調べて頂いても構いません」

「分かった、カギはプラコップが握っているようだな？」さすがTSK課長まで上がった者だ、勘は鋭いようだ。

切った。

「行くぞ」出て行ったのを確認して署長が研究所に電話入れ、3回ベルを鳴らして

「3回だった？」ジョンがうなずくと

「来るわね」プラコップと署長の間で申し合わせていた3回ベルだった。

「どうします？」

「まあ、時間稼ぎにドライブでもしようか？」

「ドライブ？　ですか……」ジョンはあまり乗り気ではないようだ。

「たまには運転してみたら？」

「僕はオートマチックの免許しか持っていません」

「取っておいた方がいいよ。楽しまなきゃあ」

（この車だと、楽しみと不安の比重が全然違うよ……）と言いたいが、嬉しそうに運転するマリアの横顔を見ると言えなかった。只でさえ狭い車の後ろは荷物でいっぱいだった。

研究所にやって来たゲノームだが、玄関のドアに「お出掛け中」と張り紙がされていた。

「ふざけやがって……。ドアをこじ開けろ！」

「カギが掛かっておりません」

「おのれ～、馬鹿にしおって。手掛かりになるモノを探し出せ！」

数十分後、部下は
「手掛かりになるモノは見つかりませんでした」

「数人残れ、抵抗しても連行しろ！」と言い残して去って行った。

夜になって研究室の電話が鳴った。部下が受話器を取った。

「もしもし」

「あら、まだいたの？　今夜は帰らないから。それと気を付けてね、昨夜の奴らが襲ってくるから。じゃあ」とマリアが言うと電話が切れた。

「どうする？　ここにいたらマズイぞ」

「引きあげよう、奴らに襲われたら一たまりもない。朝まで待ったが帰ってこなかったと報告すればいい」彼らは暗くなる前に早々と引き上げた。

暗くなってからガレージの前まで2人は戻ってきた。

「部屋のセンサーランプは消えているわ、アイツらは帰ったようね」

「荷物はどうします?」
「また明日出掛けるかもしれないから、そのままでいいわ」
「はあ……(明日も……ですか)」
ガレージに車を入れて部屋に入ると
「なに、これ。アイツら散らかすだけ散らかして帰ったようね」研究室も追《お》い剥《は》ぎにあったように散らかっていた。隠し部屋の扉は無事だった。すると、
ガタガタガタ
玄関の扉を開けようとする物音が
「アイツらか?」
ガシャ〜ン!
扉は強引に開いた。2人のチンピラのようだが
「ジョン、抵抗しないで」両手を上げて見守った。
チンピラは2人を警戒しながら物色を始めたが、あまりの荒れ放題で襲うこともなく出て行った。
「何者ですか?」
「ミニーよ」

「ええ?!」マリアのメガネはサーチを施《ほどこ》していた。

「ゼリーを車に入れて置いていて正解ね」

ジョンが片付けようとすると
「今日は帰っていいわ」

「え？　でも……」

「片付けても、また明日散らかされるわ」

「はい……」その時、電話が鳴った。留守電の声は署長だった。マリアが慌てて
「はい、署長」

「お、いたのか。直談判が通ったぞ！　明日、特別捜査証明証を渡すから取りにきてくれ」

「分かりました、有難うございます！」明るそうに答えるマリアにジョンが
「何ですか？」

「証明証がおりたそうよ、これでＴＳＫと対等に戦えるわ」

「マリアさん、戦う相手が……」

一歩前進

本署へ受け取りに車を出したら、ＴＳＫらしき車が現れ、降りてきた。

「行くわよ！」

「またですか～」ジョンは取っ手を強く握った。

ブ～ン、キキキー
「おい、待て！　追い掛けるぞ」また3台でカーチェイスが始まった。

「なんて速いポンコツ車だ……」

「入るわよ！」

「またですか～！」

キキキー、ガタガタガタ……

「きゃー！」地下街はパニック。

「ごめんねー！」車から降りた連中は
「なんて奴らだ……。行先は分かっている、車に乗れ！」

本署に到着したらゲノーム課長が玄関の前で腕を組み待っていた。すると2階の窓から署長が
「これだ、受け取れ！」と証明証を投げた。マリアは素早くジャンプして連中の頭を飛び越えた。

「おー！」

「まさかマリアさん、あの試作のカプセルを……」ゲノームが
「そいつを取り押さえろ！」

マリアはキャッチし、着地して証明証を見せながら、

「コレを見なさい！」証明証には『マリア、ジョンの2名は本日をもってミニー事件の特別捜査に任命する。大統領ローラ』と記《しる》してあった。

「くっ」

「大統領命令よ！　下がりなさい」マリアは署長に手を振って車に乗り込んだ。署長は満面の笑みだった。サブロク・スバルは黒い高級車の隙間をぬって走り去った。

ジョンが
「マリアさん、もしかして試作中のカプセルを？」

「飲んだわよ、臨床実験するほど予算が無いからね。でも今のところ大丈夫よ」ジョ

ンはマリアの横顔を見ながら
「無茶な人だ……」と言うと、前を向いたまま
「早く解決したいの」
「この事件ですか？」
「ううん、それだけじゃないわ。ジョンのお母さんから今まで亡くなった人の犠牲を無駄にしたくないの」
「……僕も飲みます」
「それは駄目、試作品だから」
「でも」
「君だけでも正常でいてくれないと、私が暴走すると止める人がいなくなるわ」
「……」
マリアは左腕をジョンの首に巻き付け
「早く終わらせましょう」にこやかに言った。
2人は研究は進めた。ジョンが顕微鏡で
「何か前より細胞の動きが弱ってきているような……、このままでは壊死《えし》してしまい

そうで」

「あ～む、人間も生き物は何かを食してエネルギーを得て生きているわ。……餌？」

「ドッグフードとか？」

「それではダメでしょう。こいつは脳幹を食べていたわ、脳幹と同じ成分の70％前後の水分とタンパク質とかアミノ酸、脂質、多糖などね……」

「それなら大豆で作られた豆腐なんかは？　ちょっと糖分も加えて……」

「いいわね、早速、試してみましょう」

砕いた豆腐に適度の糖分を加え、ゼリーのケースの端に入れてみた。するとゼリーが豆腐に寄ってきて、徐々に浸食《しんしょく》を始めた。

「成功したようね。後で細胞を確認しましょ」

「はい」

豆腐がなくなり、しばらくして細胞を調べてみた。顕微鏡で見たジョンが
「良好のようです」明るい声で言った。

「良かった、これでまた一歩前進したわ」

浮かんだ青筋

「プラコップの動きは？」ゲノームは手掛かりが欲しかった。

「はい、食材を買いに外出しただけです」

「ん～む……。襲われた時、残されたゼリーは？」

「ほとんど寒天と片栗粉のようで……、報告されていた地球外生物には、ほど遠いと」

「なんてことだ！　って、ミニーの行方は？」

「昼間の活動は確認されていません」

「夜行性ってことか……」

「郊外にはあまり出没しないようで、ねぐらは地下のようです」

「他に情報は？」

「プラコップが開発したサーチカメラの設置個所を増やしていますが、それが頼りです」

「ん〜、気に喰わん！」机を叩いた。

「は？」

「プラコップだ！　奴らをよく見張れ」ゲノームはプラコップに頼る事に腹が立っていた。

マリアたちはＴＳＫに電話の盗聴をされていると思い、手紙で署長に情報を送っていた。

「おお、ゼリーの餌に豆腐とは、さすがはプラコップだ。それで培養して探知機を開発中と……、完成後は各パトカーに配備をお願いします、か。期待させてくれるチームだ、ＴＳＫとはまるで違う。大統領にも報告しておこう」

夜になるとＴＳＫたちの特殊部隊によるパトロールが行われていた。勿論メガネはプラコップ製だ。

「東に現れました。隣町です、行動範囲が広まっています」このニュースを見た２人は、

「これじゃあ……」と嘆《なげ》くジョンにマリアは
「マズイわね。本署に向かうわ、準備して」

「はい」夜になって行くことを署長に連絡した。

「いよいよ決行か……、こちらも準備万端だ」すでにこの時の為に、マリアたちと署長の間で作戦を交わしていた。

夜中に1体のゼリーを乗せて特殊ケースを取り除いた。

「ゲノーム課長、プラコップが動きました。でもミニーが出没した方向とは違う方に向かっています」

「何だと？」

「どうしますか？　二手に分かれると不利です」

「ん〜む、ミニーの抑えを優先しろ！（プラコップめ、何を考えているのだ？）」

しばらくすると部下が

「課長、大変です！　警戒網を突破されました。3体ともプラコップと同じ方向に向かっています」

「なに！　何処に向かっている？」

「直線上にはスターシャ研究所があります」

「何だと？　すぐに追え！　どういうことだ？」更に

「課長、本署にパトカーが集結しているようです」

「なに？　そんな情報は聞いてないぞ、すぐ連絡を取れ」

「留守電になっています、連絡が取れません」

「ハイムマンも何を考えているのだ？　けしからん！　確認に出掛けるぞ。どのくらい掛かる？」

「ここからだと1時間は」

「急げ、サイレンを鳴らせ」ゲノームは怒りで興奮状態だった。

　マリアたちが本署に着くと警官が、

「プラコップですね、署長がお待ちです、中へ。荷物は持っていきます」ゼリーのケースだけはジョンが持っていた。

「おお、待っていたぞ」

「準備は？」

「ああ、指示通りにセットしている。君たち以外は立入禁止の指示も」

「ありがとうございます。ジョン、ここに置いて」ケースを容疑者留置部屋の机に置いた。扉は開けたままだった。別の部屋で容疑者留置部屋に設置したカメラでモニターを見ることになっていた。

「完璧ね、でも奴らも学習しているから……」署長は

「あなたがそんな弱気でどうするんです？」

「ここまで来れたのも署長のおかげです」

「お互いの感謝は奴らを捕まえた後にしますか」

「そうね」

その頃、ゲノームは本署に向かっていた。すると車の屋根が、
ドンドンドン！

と鈍い音がした。

「何だ？　何が起こった!?」

「あ、あれはミニーたちです。車から車に飛び乗って進んでいます」

「追い掛けろ！」

「渋滞で追いつけません」

「おのれー！」ゲノームは更にイライラしていた。

「この時間にどうして渋滞なんだ！」

「通行規制ですかねえ？」

「通行規制だと？　突破しろ！」

「無理を言わないでください」

更に交通警官に停止させられ
「この先は只今通行禁止です」
「ミニーを追っているTSKだ！　早く通せ！」ゲノームは声を上げたが警官は
「あ〜、では証明証の御提示をお願いします」と平静を装っていた。その態度に
「何だと〜!!」
「課長、提示した方が早いですよ」と部下に言われ、ゲノームのこめかみ辺りに血管の青筋が浮かんでいた。それがこの先、２ヶ所もあった。
「うう〜!!」ゲノームの怒りは限界に達していた。

黒い車

本署に
「ミニーが間もなくこちらに来るそうです」と連絡が入った。

「何体だ？」

「3体だそうです」署長がマリアに
「全員そろっているな」その言葉にマリアたちもうなずいた。

ガシャ〜ン！

窓ガラスが壊れる音がした。

「現れたぞ！」留置部屋の2階へ直接入り込んだ。ミニーたちは警戒しながらゼリーの置いてある留置部屋に入った。

「よし！」

「待って！」マリアが止めた。一旦全員が入りかけたが不審に思ったのか、1体だけ部屋の外に出てきた。

「マズイわね……」しかし、2体がケースに手を掛けた。

「仕方ないわ、発射！」

シュ～!!

留置部屋内に発射されたのは強力な液体ヘリウムだった。

カチコチン
ミニーの2体は低温で固まった。1体は近くの窓に突進していった。

「捕まえて！」

ガシャ～ン！

逃げられてしまった。署長は
「全パトカーに告ぐ、逃げたミニーを捕らえろ！」と指示した。

「もうすぐ耳から出てくるわ。これの出番よ」マリアはプラスチックコップを見せた。

「よし、捕獲に入れ」

一方、TSKは
「課長、パトカーのサイレンが聞こえてきます」
「何だと～!!」すると、

ドン！

天井に鈍い音がして、
ガシャ～ン！　後ろのドアガラスが壊れてミニーがゲノームを襲った、

「わーっ！」

バキュ～ン！

銃声が聞こえた。

「課長！　大丈夫ですか？」車を止めて後ろを振り向くと、課長がミニーを窓の外へ押しのけて
「本部に戻れ」と言った。

「あ、でも、ミニーが……」

「聞こえなかったか？　本部へ戻れ！」

「は、はい」車はUターンして走り去った。

ミニーは追い駆けてきたパトカーに確保されたが
「死んでいる？　……」
連絡を受けて署長とプラコップが現場に駆け付けた。

「どういうことだ？」署長がミニーを見ながら問うと
「分かりません、聞き取りとカメラの分析を急いでいます」マリアが
「ガラスの破片が散らばっているわ、本署のガラスにしては？　……」警官は
「多分、車のガラスだと思いますが……」署長は
「すぐに車を割り出せ」
「了解しました」
「車の運転者を襲って乗り移ったのか？」署長の言葉にジョンは
「運転手なら事故を起こしているでしょうから違うと思います。それに銃弾の跡が」
「そうだな……」
　本署に戻り、署長が
「ご苦労だった。全部とはいかなかったが収穫があった。もう遅いが君たちは体を休めてくれ」とのねぎらいに２人も
「はい」すると署員から
「署長、現場で銃声音の後、ガラスの割れた黒い車がＵターンしている情報が入りました」
「黒い車だと？」

「ビンゴのようですね？」マリアの言葉に

「うむ、後はこちらに任せなさい」署長を信じて2人は出て行った。

出た結論

「久しぶりにゆっくり眠りました」と言うジョンにマリアも
「私もよく眠れたわ」２人は昼食のモーニングコーヒーだった。すると突然マリアが
「そうだ！」

「どうしたんですか？」

「逃がしたのは1体、それに対してここにゼリーと本署にもゼリーがあるわ」

「それが？　……そうか！」ジョンはマリアの言葉の意味を理解した。

「早速、署長に連絡を入れましょう」と言って残りのコーヒーを一気に流し込んだ。

マリアはゼリーを見ながら署長に連絡を入れた。

「どうしたんだね？　急ぎって？　わたしからも連絡したいことがあってね。まずあなたの用件を聴こうか」

「はい、ゼリーを見てくれませんか？　それと地図とコンパスも」

「ちょっと待っていてくれ」部下に取りに行かせた。

「いいぞ。それで？」

「今、私の所にあるゼリーは北西を向いています。署長のゼリーは？」

「う～む、西南西ってとこかな、それで？」

「直線で交わった所が、逃がした1体の現在地です」

「なんと！　ちょっと待っていてくれ。……ん？」

「どうされました？」

「TSKの本部？　……どうしてだ？　……」

「TSK本部？　どうしてかしら？　もしかして逃げたミニーを捕獲したの？」

「いや、待ってくれ。今朝ゲノーム課長から連絡があって〝捕らえている4体を引き取りに行くから準備をしろ〟と言われたんだが」

「おかしいわね？　捕らえた連絡も個数も教えていないはずよ？」

「……言われてみれば、確かに……。どうすればいいのだ？」

「あ～む……、意外な展開になっているようだわ。とにかくそちらに行きます」

プラコップはゼリーを車に乗せ、本署に向かった。ジョンが
「どうしてだと思います？」

「捕獲したか……、でも捕獲しただけなら、残りの個数など分からない」

「え？　だとしたら、ＴＳＫの誰かに乗り移ったってことに？」

「ありうるわね、只、居合わせた時に興奮状態でないと乗り移られない」

「ってことは、逃げている時にＴＳＫの誰かが興奮状態だった？」

「そう、それもＴＳＫを動かせる人物か、偽《にせ》のなりきりの人物か……」

「本当のＴＳＫが現れたら……」２人同時に
「ゲノーム課長!?」２人の話は途切れて2サイクルエンジン音だけが快調？に聞こえていた。

　本署に着くと署長が玄関まで出て来ていた。

「よく来てくれた、昨夜は眠れたかい？　儂は興奮で眠れなかったよ。新たな情報も入った、中に入って話し合おう」

「分かりました……」

「どうしたんだ？　いつものプラコップに見えないが……」署長も2人の活気のない表情で、いい情報でないことを読み取った。ソファーに腰かけると、署長から切り出した。

「ってで、何か分かったのかね？　今までの情報を基《もと》にすると、どうしてもＴＳＫが絡んでくる、そのＴＳＫから連絡があった。君たちの意見を聴こう」２人には初めて会った時の署長より、大きく頼りになる存在に見えた。

「これは私たちの推測ですが、結論から言うと、ミニーはゲノーム課長に取りついてしまったかと……」

「な、なんだと?! ちょっと待て……」出された紅茶で一服し、気を取り直して
「その手掛かりに考えられるのは?」

「まずミニーになりうる条件として、興奮状態でなければなりません」

「確かにそうだったな」署長はマリアの推測に耳を傾けていた。

「TSKの中に私たちの行動に激怒している者がいるとしたら……」少し間を置いて署長が
「なるほど……、確かに、あの時に交通規制を掛けていた。その時に通行許可を求めるTSKがいた。ゲノーム課長に証明書の開示を求めたと情報が入っている」

「では、ゲノーム課長としては、とても不愉快な思いをしたことになります」

「それが興奮状態の引き金に?」

「おそらく……」

「んん……、現場の黒い車のナンバーもゲノーム課長が使用している車と判明した。これでは君たちの推測は当たっているということになる……。困ったな」もう一回紅

茶すすり

「結論は出た。これからどうしたらいいのか、君たちの考えを聴こうか？」署長にうろたえはなかった。

相手がゲノームとなると、ＴＳＫの権限を使い、強硬な手段で奪回にくるだろう。

ミッション『リアルかくれんぼ』

数時間後、別の黒い車がやってきた。ＴＳＫの連中だがゲノーム課長は来ていなかった。

「要求していたゼリーを引き取りに来た」署長が

「それが～……」

「どうした?」

「盗まれまして……」

「何だと?! 誰に?」

「捜索中ですが、多分、プラコップのようです」部下たちは予想外にうろたえていた。

そして課長に連絡を取り

「すぐに研究所に」

「それが、留守のようでいませんでした」

「ぐっ……」課長に報告するのに困っている様子だった。

「見つけ次第に報告いたしますので、お引き取りを……」ゲノーム課長の指示で２人の部下が本署に残った。

「本当にこの作戦でよかったのですか？」ジョンは狭い車の中でマリアに言うと
「あ〜ん、正直なところ、いい案が見つからなかったの」

「ええ？　……しかも地下街のコンビニの前に目立つ車を置いて……」

「昔はいっぱい走っていて目立たなかったわ」

「そんな安っぽい言い訳じゃあ通用しませんよ」

「他にあれば言えばいいじゃん？」

「あ〜む……」

２人はコンビニのカウンターでカップラーメンをすすっていた。店長には署長から許しを得ている。

地下街の入り口には警官を配備していた。もう夜中だった、ゲノーム課長がどう動くのか無線で情報を確かめていた。

「そろそろゼリーに餌をあげないと……、豆腐も売っているし、便利なところね」店員は、豆腐を買ったそれを珍車に食べさせている光景を見て疑問に思っていた。リヤエンジンのサブロク・スバルでは、ゼリーはフロントボンネットの中だった。

（マリアさん、目立ちすぎですよ。ミッション『リアルかくれんぼ』になっていませんよ）と思うジョンは周りの目を気にして、他人のふりをしていた。


夜になって奴が行動を起こす時間帯になった。

「まだ捕まらんのか！」とゲノーム課長からの電話がひっきりなしに掛かってきていたが、夜になって掛かってこなくなった。多分自分が動くからだろう。

朝になって署長から連絡があった。

「本署に交代でＴＳＫの連中がいるから戻ってこられないぞ。研究所も駄目だろう。ＴＳＫの特権を使って奴が動いた。市街の全域にミニー事件の非常命令を出して街から人を追い出すようだ。逆らう者は射殺するとまで言って、街のあちこちで検問が始まっている。どうする？　儂たちなら逃がせるがＴＳＫとなると手が出せない」

「まさか自分の事件を利用するとは、賢くなったわね」

「感心している場合じゃないぞ」

「分かったわ、町から出ましょう」マリアの軽い返事に
「どうやって？」

「あ〜、そうね。用意してほしいものがあるわ」

ミニー事件で街人もうんざりしていたので、従っていた。検問で長い行列が続いていた。

「よし、次。あなたの名前は」ＴＳＫの検問員がトラックの運転手に声を掛けていた。

「キャサリンです」

「僕はトム」

「証明書と、このトラックの荷物は？」

「珈琲豆です」

「調べさせてもらうよ」

「どうぞ」

後ろに回り幌を開けて

「問題ないな。行ってよし」

「はい、お疲れさん」トラックは走り去った。

２人は笑っていた、トラックで。

「こんなにうまくいくとは思いませんでした」男が言うと

「くせ毛の中年男、なかなか似合っているわ。ジョン」

「マリアさんは、いくらメイクのプロでも40代には無理が」

「何よ！　通れたじゃない？」口をとんがらせてマリアは答えた。

「ですね……」ジョンは納得出来ないようだった。

「多分、警察なら見破られていたかもね」

「じゃあどうして？」

「そこは専門職でないところね。それに強引な命令に部下も嫌気がさしているはずよ」

マリアの強引な計画に
「あ〜あ、本当にそこまで読んでいたのですか？」

「ぶっちゃけ、結果オーライってとこね」

「ゼリーの方が賢いかも？」

「なんだって？」アクセルを踏み込んだ。

「わ〜！　やめて下さいよ。後ろに車が乗っているんですよ」

「あ、そうだった」小柄で軽いサブロクだから小型のトラックに載せられた。

到着した家は古風で中心に大黒柱が丈夫な太い梁《はり》をいくつも支えていた。

大事な人質

「どうだった？　何せパトカーまで調べられているからな」署長からだった。

「おかげで突破できました。有難うございます」

「そうか、まさか小型トラックに載せるとは、便利な車だ。あの車だからこその発想だな。ゲノームは街を出て行かない者は射殺すると言い出した。サーチメガネを使用して根こそぎにするようだ」

「もうゲノームではないわ」

「そうだな、奴はこの後どう出るだろうか？」

「もっと強硬な策と言うと……、まさか……」

「おいおい、何を想像しているのだ？　……」署長は不安そうに言った。

「あ～、考え過ぎかも。今祖母の空き家にいます、サモトです。ここなら殆ど人が住んでいませんから」

「随分、遠くまで行ったなあ」

「街から奴を諦めさせますか？」マリアの問いに
「どうやって？　……」少し考えて
「それはいかん、君たちの居所が奴にばれてしまう、危険過ぎて儂たちもどうすることも出来ないし」
「でも……」
「焦らなくてもいい、確実な計画を立ててからでも」
「分かりました。それとまた無理を頼むのですが……」
「なんでも言ってくれ？」

数日後、ニュースで街の人が６人、ＴＳＫに射殺されたと報道された。しかも指示していたはずのゲノーム課長が死体で見つかったと。それでも街の包囲網を解こうとしなかった。
郊外のあちこちで強硬な手段をとるＴＳＫに抗議が行われていた。
「おかしいわね？」ジョンも
「ゲノームが死んだのに、誰が指示を？」の問いにマリアは
「その上ね？　……」と想像しながら答えた。

「ええ!?」

「多分、署長も大慌てしているわ。連絡を待ちましょ、私たちを誘い出す作戦かも?」

慎重だった。

翌日、署長から連絡があった。

「君たちもニュースで驚いていると思うが、ゲノーム課長の遺体からゼリーは見つかっておらず、脳幹をなくしているようだ。こちらで誰と接触しているか捜査をしたいがさせてもらえない状態だ」

「誰かが圧力を?」

「多分な。これからどうする?」

「まず誰かを特定しないといけないわ、どうすれば……ゲノームの上司に絞るか、あるいはもっと上かも? だとしたら最大の権力を求めるかもしれないわ」マリアの言葉に署長は恐怖を抱くように
「最大の権力? 君は何処まで先を見据《みす》えているのだ?」その時
「署長、新しい情報が」

「なんだ?」

「マリアさんのお孫さんがＴＳＫに保護されていると連絡が入りました」

「孫だと?」

「アユミとハルナちゃんです」それを聴いたマリアは
「なんですって?」目眩がした。

「マリアさん、大丈夫ですか?」ジョンが支えた。

「考えていなかったわ、どうしよう。孫は、孫だけは……」あの冷静沈着だったマリアが初めて震えながらうろたえていた。奴は確実に学習していた。

「もうじき、特集でテレビから流すようです」と署員の言葉に、マリアたちはテレビをつけた。

「やあ、2人の子供を保護している、お婆ちゃんに会いたがっている、表示されている電話に問い合わせてくれ。今、子供たちは眠っている、早く連絡を頂けるように」

あえてマリアの名前を明かさず、孫の姿を見せた。

「なんて卑怯な!　署長、奴は誰ですか?」温厚なジョンが怒っていた。

「マズイな、TSKのトップ、ハリス司令官だ。どうやって転移したのか」

「ゲノームの行動に怒って興奮した司令官が来て転移したのでは?　誰かは判明したけど、孫が……可愛い孫が」

「マリアさん、もう諦めましょう」ジョンがマリアの肩を支えていた。

「でも、人類が……。孫はどうしても取り戻したい……でも。しばらく考えさせて」
ジョンは手を放し、
「分かりました、待ちます」マリアの不安状態を察して署長が
「大丈夫かね？」と言うと、ジョンが
「しばらく時間を下さいと……」
「分かった。こっちも何かいい手がないか考えよう」署長にジョンが
「よろしくお願いします」こんなに崩れたマリアを見るのは初めてだったからだ。

柔術

マリアは疲れていたが考えていた。可愛い孫と人類の未来と天秤に掛けるが答えは出なかった。そして思いついたように
「ジョン、署長に連絡して近くの研究所を急いで確保してって」しっかりした言葉だった。

「何かいい案を?」

「奴に偽物はバレるから本物を渡すしかないわ。でもその本物に細工することで。

……これは大きな賭けだわ」

「分かりました」ジョンはツバを飲み込んだ。

「連絡も入れておきたいから連絡先も」

「はい」

30分後、署長から連絡が入った。

「どうするのかは知らないが、生物学の研究所が見つかった。話は内密にしている」

「有難うございます」

トラックのまま向かった。到着して珈琲豆袋を下ろすのに時間が掛かった。

「ジョン、ゼリーの一部を採取して。所長、ここに風邪のウィルスはありますか？」

「あ、はい、サンプルとして置いていますけど……」

数時間後
「効果はありそうね、ジョン、すぐにウィルスを超小型透明カプセルに入れて」

途中の公衆電話からＴＳＫに連絡を入れ交換場所を本署の駐車場で昼に指定した。

そして街から全てのＴＳＫを撤収するように条件を付けた。それを信用させるため遮断ケースをオープンにして走り出した。

「襲ってこないですかね？」ジョンは不安そうに問うと
「分からないわ……」マリアの方が不利に感じていた。

途中から署長の指示でパトカーが護衛してくれ、無事に本署に着いた。

「無事だったか？」署長がホッとしたように言うと
「おかげさまで、でもこれからが大博打《おおばくち》です」

「君たちはいつも博打をしているんじゃないか？」と署長は笑顔で返した。

「ふっ……、そうね。返す言葉がありませんわ」

交換時間がきた。孫を乗せた黒い車が駐車場に現れた。

「ジョン、注入して」

「はい」

ハリスが黒いカーテンをした車に乗っていたが降りてこなかった。確認しなくても本物と認識しているからだ。

マリアはケースを持って黒い車の横に来た。ケースの中のゼリーはハリスに向かって壁にべったりくっ付いていた。

助手席からケースを受け取ろうと出てきた者に

「ダメよ、孫が先よ！」ハリスにも聞こえたのか、孫をリヤから解放した。

「お婆ちゃん！」その声を聴いただけでマリアは崩れる様に、

「アユミ！　ハルナ！」強く抱きしめた。ジョンがケースを手渡した。

ハリスはケースを確認してちょっと考えていたが、黒い車は去って行った。

「無事で良かったな。さあ、まずは中に入って」と署長は勧めた。

「さて、振り出しに戻ったな」署長は小さく漏らした。

「いいえ、振り出しに戻っていないわ、新たな戦いの始まりよ」

「新たな？　……」

「ええ、次の対策を考えないと……、しばらくこの子たちを預かって頂けます？　親も呼ぶから」
「分かった」マリアは再会を喜ぶ間もなかった。署長は冷静に戻ったマリアを見て「ところで、次の手は？　何か考えでも？」質問した。
「ジョンの左手を見てください」ジョンは大きめのコンパスのような物を手首にハメていた。
「それは？」ジョンは署長に見せながら
「これはゼリーコンパスです。ゼリーを改良して作成しました。これでいつでも奴の居所が摑めます」
「んん、本署にもぜひ配備したいな」ジョンは
「それが増産となると大変で時間が掛かります」マリアも
「それに今から作っても無駄になるかもしれません」失望の言葉に
「どういうことかね？」
「この戦いは早く終結させるのです、でないと世界が危なくなります」
「世界が？　……」
「そうです、この国だけの出来事では終わらないからです」神妙な言葉に署長は

「よく分からんが、どうするんだね？」

「ああ。私を大統領とお話をさせてください、今の奴は無謀《むぼう》な動きをなるべく控えています」

「……言われてみれば確かに……、どうして？」

「必要な人物は筋肉の破損をさせたくないからです」マリアの予想に署長は
「う〜む……」信じるしかなかった。

マリアたちは一旦研究所に戻った。そして深夜まで次の研究を続けた。

翌朝、研究所のソファーで目が覚めたジョンは、外から気合いの入った声を聞いえた。

「何だろう？　マリアさんがいないし……」玄関を開けて見ると、ガレージの前でマリアが気合いの入った動きをしていた。

「マリアさん！」マリアはジョンに気付き動きを止めたが
「おはよう。ちょっと待ってて、もう少しで終わるから」と言って、また続きを始めた。ジョンはその間に朝食の支度をしていた。

汗を掻いたマリアが入ってきた。

「起こしてごめんね、さすがに歳には勝てないわ」息を荒くしていた。

「何をしていたのです？」

「柔術の演武よ」

「柔術？」

「そ、若い頃教わっていたわ。体がなんとなく覚えていたわ」

「どうしてまた？」

「終結に役立つと思って、昼からジョンも少し体を動かして奴の動きを少しでも捕らえられるように動体視力を鍛えましょう」

「はあ……（僕は文科系なんだけど）」運動には全く自信がなかった。

　昼から動体視力を付ける為、バドミントンを始めた。予想通りにジョンのラケットは空振りの連続だった。

　署長から電話があった。

「ハリスが狂ったようにＴＳＫ本部を出て行ったようだ」

「多分仲間が全滅したからよ」

「何をしたんだね？」

「ゼリーにウィルスをちょっとね」

「ウィルス？　それでか、奴が出て行く前に『大統領に会わせろ』という特権を使った大胆な行動に出た。ローラ様から直々に連絡があった」

「それで？」

「一応、断ったらしいが、奴なら大統領官邸に乗り込むのも出来ない話ではない。これからどうする？」

「効き目が遅かったから心配していたんだけど、とりあえず一つは成功ね」安易な返事に、

「そんなのん気なことを言っている場合じゃないぞ」

「次の一手は打ってあるわ」

「どうするつもりだ？」

「大統領官邸の大統領を替え玉にして待ち伏せをするわ」

「そんな大胆なことを承知してくれたのか？」署長もプラコップの行動に慣れてきていたが、それを更に超える行動に
（ウソだろ？）と思った。

深夜になってプラコップは地下鉄の終電をサブロク・スバルの中で待機していた。

「本当に大統領が承諾したのですか？」

「ええ」ジョンはまだ信じられなかった。大統領官邸の逃げ道という超シークレットに。

フェンス管理の地下鉄職員が
「本当にこれで行くのかい？」と確認していた。

「そうよ」

「俺は子供の頃、1回乗せてもらったが、とても快適だとは思わなかった。それで線

路を走るなんて……」職員は首を横に小さく振りながらフェンスを開けた。

「行くわよ！」

ブ～ン！　ガタガタガタ！

「マ・リ・ア・さ・ん……」

「大・丈・夫・足・回・り・改・良・し・た・か・ら」２人の会話もガタガタだった。

１時間後ぐらいにマリアはスピードを落として
「この辺だわ」

「本当に？」

「左側の横穴に青のランプが点灯しているはずよ、それを見つけて」

しばらくしてジョンが
「ありました！　……本当に」

マリアはバックで横穴に入った。奥に頑丈な扉があった。その扉の横にインターホンがあり、マリアはボタンを押して
「こんばんは～」

（マリアさん、普通のお宅じゃないんだから……）ジョンは呆れて不安になってきた。

扉が分厚そうな音を鳴らして開いた。そして

「わお～！　本当にホワイトね」と言いながら飛び出してきたのはローラ大統領だった。

「私はレッドの、でもホワイトもいいな。これで線路を？」サブロク仲間のようだ。

「足回りを強化しているわ」

「すごい！」その横でジョンは固まっていた。

（普通の会話をしている……大統領と。マリアさんの度胸がいいのか無頓着《むとんちゃく》なのか？）

「さ、乗って乗って！　ジョンは後ろ」ジョンはマリアの指示通り動いたのは扉の奥で、SPたちが鋭い眼光でこちらを見ていたからだ。体がロボットのようにぎこちなく動いていた。１人の大男が同行した。ジョンは後ろの席でSPに占領されて、そのSPも小さくなっていた。

「大統領、ご協力感謝いたします」

「ローラでいいわ。感謝はこちらよ、地下室に行く頃、上が騒がしかったわ。グッドタイミングね。私のサブロクよりボディがキレイだわ、私のはどうしても錆が」

「私のは赤錆を黒錆に転換する塗料を下地にしています。お勧めしますよ」

「今度紹介して！　それに良く走るわ、４人も乗っているのに……」

「エンジンをボアアップしましたから」

「ボアアップ？　って何？」とローラは窮屈《きゅうくつ》にしているＳＰに体をひねって尋ねていた。

「あ～む、シリンダー径をボーリングで大きくして排気量を高めますが危険ですので……」

「マリア、そこのショップを紹介して」説明をローラ大統領は無視するように言った。

「いいわよ」大男は何故かジョンを睨んでいた。

（ひ～、マリアさ～ん！）ジョンは空間状態も悪かったが更に空気の状態も悪くなった。

官邸の大統領の椅子に座っていたのはマネキン人形で、ＳＰが捕獲網銃で待っていた。

「確保出来たかしら？」ジョンは必死で腕のモニターを見て
「奴は移動しています」

「失敗か……」

「あら？　私は助かりましたよ。それに貴重な体験をしたわ」

「ありがとうございます」

「今度機会があればドライブしましょう?」するど大統領の言葉にSPが「それは危険です……」と言って、またジョンを睨んだ。

(ひ〜、マリアさん、これ以上ヒートアップさせないで〜!!)悲痛な願いを。

あ〜む……


本署までマリアたちの会話が盛り上がっていたが、ジョンたちは無口のまま狭いスペースに暗雲が立ち込めていた。

本署に着くと署長も帰らずに待っていた。

「こ、これはローラ大統領、お疲れでしたでしょう？」

「楽しかったわ」

「へ？」後ろの座席には固まった男たち？

すでに大統領専用車が駐車場に到着していた。

「今日のご予定は？」署長が心配して尋ねると
「海外で会談が。それじゃーまたね〜、マリア」

「またね〜、ローラ」

（またね〜、ローラって……）署長はハンカチで額の冷や汗を拭き取っていた。

ところで男2人はまだサブロクの中だった。2ドアの前開きだからドアを閉められると出られなかった。

（マリアさ〜ん！）ジョンが願っていた。

「あれ？　あんたたち、何してんの？」マリアの言葉にＳＰはまたジョンを睨んだ。

こめかみには青筋が浮かんでいた。ただ車酔いなのか顔色は良くなく、迫力にイマイチ欠けていた。

２人の救出？　の後、プラコップは研究所に帰り、眠った。ジョンは夢にあのＳＰが出てきて何度も起きた。


後日、大統領令が発表された。「夜は耳栓を付けてください」と、マリアの提案だった。

ジョンがマリアに
「奴は何を考えているのでしょうか？」

「そうね、大統領が駄目なら、生物の本能である、ひたすら仲間を増やそうとするかも？　あるいは……」

「あるいは？」

「帰る手立てを考えるでしょうね？」

「帰る？　……何処へですか？」マリアは空を指差した。

「空？　……」ジョンは上を見上げた。

「あ〜む、考えるのよ？　何処から来たのかを」

「はあ……？」

「前の事件の最後は山火事に逃げ込んで何も残っていなかったわ」

「でも、その後、何も起きていませんよ？」

「あの時はね、でも解決したわけじゃあないわ。これから持ち主がどう出るか？」

「持ち主ですか……」

マリアは先を見据《みす》えていた。

「ゼリーを殺してしまっては持ち主がどう思うか？　人類よりはるかに発達した者が怒りを覚えると……。今はハリスごと捕らえて通訳代わりにさせないと」

「ということは？」

「ハリスを封じ込み作戦」

「……」

「今のゼリーはハリス以外に取りつかれないと考えると……、甘い考えかもしれないけれど殻を死なさないように超人的な動きは出来ないと思うの。でも段々と賢くなっているから……油断出来ないわね。その為にも例の装置を完成させなければ」

「分かりました」

だがマリアの不安は的中していた。署長から電話があった
「ハリス司令官が遺体で見つかった！　……抜け殻のようだ」語尾が小さかった。マリアは
「ええ？　目星は？」冷静に質問した。

「捜索中だが、見当もつかない。また犠牲者が出てしまった、一体いつになったら解決出来るのか……」噛みしめるような署長の声だった。

「あ～む、ＴＳＫのトップより条件のいい人物って、大統領以外に誰が……」

「そんな恐ろしいことを言わんでくれ」震えながら返ってきた。

「とにかく現場に行きます」

「ああ、頼む」署長は頼みの綱を託すように言った。

現場に来たプラコップは遺体場所に案内された。現場は本署からあまり離れていなかったのが意外で
「状況は？」

「はい、かなり争った形跡がありますが相手が分かりません」ジョンは遺体の耳や周

りをチェックして
「おかしいですねえ？」

「どういうこと？」

「地上に痕跡がありません、相手の耳に合わせ直接転移したのかも。それにコレを見てください、開発したメガネの一部が落ちています」

「ということは？　また警官かＴＳＫの誰かなの？」

「少なくともハリス司令官を知っている人物かと……」ジョンも確信がないので、声は小さかった。

「あ～む……（困ったわね）」マリアも腕を組み考え込んだ。

意外な人物

本署では署長がプラコップの新たな情報を待っていた。警官にはいないことから、TSKの可能性もありうるとの推測は本署でもついていた。只、警察の手が届かない為、TSK側の
「こちらには転移した者はいない」と言う言葉を信じるしかなかった。

署長はマリアに
「今、防犯カメラの解析中だが、君たちの見解は？」

「あ～む、多分ですが……」

「何でもいい、聴かせてくれ」

「ミニーはハリス司令官と面識のある者か、ミニーであることを知っていたと考えられます。それもかなり鍛えられた人物だと」

「どうしてだ？」

「常人では、あそこまで奴に抵抗出来ないからです」署長はマグカップの紅茶を飲み

ながらマリアの言葉に聞き入っていた。

「大統領は?」

「明日、帰国する」

「困ったわね、帰国の際に私たちも立ち会わせてもらえますか?」

「うぷっ」署長は紅茶を出しそうになった、ハンカチで押さえながら
「そんなことは出来んだろう?」

「ミニーの件なら、どう?」

「あ~……、しかし」

「頼んでみて」無理な言葉に頭を掻《か》きながら署長は
「分かった、申請してみよう」決意するしかなかった。

「それまで装置を完成させるわ」

「装置って?」

「ゼリーの支配している脳には末梢神経があり、体性神経系の感覚器から中枢へ興奮を伝達する感覚神経と中枢から効果器へ興奮を伝達する運動神経があります。それをレーザーに当てると一時的に伝達機能をマヒさせることが出来……」話の途中から署長は更に少ない髪をグシャグシャにしながらマリアの説明を拒むように

「あ～、よく分からんが頼む。わたしもこれから連絡してみる」と言って受話器を降ろした。

プツン！　プ～プ～……

「あれ？」


後日、認可が下り、大統領が到着した。ローラはマリアを見つけると軽くウィンクしていた。周りをＳＰで固めていた。するとそれを見てジョンが
「あれ？　……」

「どうしたの？」

「気のせいかも……、コンパスがＳＰ集団に向いているようだし……」

「何でもいいから言って？」

「うん、この前、後ろのシートに一緒に座ったＳＰだけど……」

「それが？」

「あれだけ僕のことを睨んでいたのに、目が合っても反応がなかったし、１人だけメガネが濃いような……」マリアは男を見ながら
「でも、反応がないわ」マリアのメガネを通してもミニーの反応はなかったが

「その勘、意外と……」マリアも行動を見張っていた。彼はいつも大統領の近くを陣取っていた。

大統領官邸まで大統領専用車両の後ろをサブロクで付いて行った。第三者から見れば異様な光景だろう。

到着して、マリアたちもSPの中に入った。大統領室に入る時、マリアたちが入ろうとするとSPが拒んだ。でも怪しい彼が入っていった。

（マズイわ！）、すると室内から、
ガタッ
音がした。同時にマリアが
「ジョン！」と叫ぶとドアの前にいた2人を柔術で投げ飛ばした。ジョンがドアを開けると他のSPが倒れていた。

「そこまでよ！　観念しなさい！」すると彼がマリアに襲い掛かってきた。

「は〜すっ」掴みにきた手首を取り、脇腹に肘打ちをくらわして手首をひねり、一気に投げ飛ばした。

「ぐわっ！」大男は床に叩きつけられた。

「ジョン！」

「はい！」持っていた開発したばかりのレーザー銃を立ち上がる前に発射した。
「うっ！」大男がケイレンして動きが止まった。
「マリア！　どういうことですか？」ローラは窓際に持たれて言った。
「彼はミニーです」ローラは信じ切れないように
「まさか……、本当に？」マリアは大きくうなずいた。

握手

マリアは大統領に今までの経緯《いきさつ》を話した。

「彼は死んだの？」

「気絶させているだけですが、転移されたことで生きていることにはなりません」

「死なせないで、お願い。彼は私の実兄なの！」

「ええ!?……あ～む」意外な展開にマリアは言葉を失った。

SPたちが部屋になだれ込んできた。手には銃を持っていた。

「動くな！」すると
「この人たちは私を守ってくれたわ、銃を収《おさ》めなさい！」ローラが強い口調で指示した。SPたちは信じがたいように銃を収めた。

マリアは本署に連絡した。署長は飛び上がるように
「そうか！　さすがプラコップ！」

「署長、まだ終わっていません」

「なに？」
「これからが勝負です」
「これから？」
「そうです！」覚悟をするように言った。
ローラもその会話を聴いて
「これから、ってとは？」
「彼に取りついているゼリーは何故地球にいるのか？　目的は？　持ち主や仲間がいるのか？　など知っておく必要があります。もしも相手が人類よりも優れた文明の者であると、成り行きによっては地球の危機になるかもしれません。だから意識が戻れば彼から聴く必要があります」マリアはゆっくりと丁寧に話した。ローラは
「その後は？」と言うと、マリアは顔を横に振りながら
「私にも分かりません」と答えた。ローラは椅子に座り、顔を両手で覆《おお》ってふさぎ込んだ。マリアはローラの肩に触れ
「今、あなたは大統領です」と言った。きつい言葉だが、事実だった。
「そうね……、そうだわ、ありがとうマリア」ローラは涙をぬぐった。
「大統領命令です、あなた方にミニー事件の責任者として任命しますので務めてくだ

さい」

「承知しました大統領、最善を尽くします」

ローラ大統領は早速証明書にサインした。

大統領官邸の一室を借りて、意識が戻った大統領の兄ジミーにマリアが問い詰めた。

「あなたはどうしてここにいるの？　目的は？」

「グガー！」頑丈な椅子に手錠をはめていたが暴れだした。

「静まれ！　私はあなたの敵ではないです。救うつもりです」

「ぐ、救う？」静かになった。

「そうです、あなたの行きたいところを教えてください」

「行きたいところ……」上を向いた。マリアは上を指差して、

「帰りたい場所があるのね？」

「んん」首を縦に振った。

「どうやって帰るつもりだったの？」首を横に振りながら
「分からない……」

「じゃあ、一緒に帰る方法を探しましょう」と言うと、少し考え首を縦に振った。

「私はマリア、そしてジョン。あなたは？」

「名前はない」

「じゃあ、ジュリーって呼ぶわ」

「ジュリー？」

「ジョン、ジュリーの手錠を外して」

「分かりました。宜しくジュリー」手錠を外して握手を求めた。

「ああ」

「大丈夫なのか？」SPたちがざわついた。マリアはジュリーの前に立ち
「あんたたち！　元同僚でしょ？　信じなさい！」と怒鳴った。

「あ、ああ……」信じがたいが、大統領命令で彼らも見守るしかなかった。

「とにかくここからは極秘にさせてもらうわ。みんな、この部屋から出て行って」SP達を部屋から追い出した。

「ジュリー、あなたのことをもっと知りたいわ、教えて？」

「ああ～、思い出せない、……どこから？」

「そうね、分かったわ」

旅人の謝罪

「まず、ジュリーの現れたタノイ公園に行きましょう」サブロクで助手席にジュリーを乗せ、後ろにジョンが乗った。

「どう？　快適でしょ？」

「快適？（これが快適……）」間違った学習をするジュリーだった。

公園に着きジュリーがベンチの後ろにあった植木を指差し
「これに落ちた」

「何処から？」

「……船」

「それって、飛行船？」

「……そう」

「う～ん、こちらに呼べない？」

「……分からない」

「困ったわね～……」夜空を見上げながら3人はベンチに座った。マリアは

「お金や宝石を盗んだ目的は？」

「……分からない、取りついた人の考えに欲望が見えた。それが達成できれば……帰れると？」

「ご主人？　それとも仲間？　の元」

「……ご主人」

「そうなんだ……、優しかった？」

「……優しい」しみじみと答えた。

「あなたのいた所の言葉で〝迎えに来て！〟を言える？」すると小さな声で

「フロルロフロルロロロ……」繰り返し、涙をこぼしていた。

「ジョン、録音して」ジョンはレコーダーを出して録音していた。

翌日、パトカーを手配して拡散器でその声を流していた。

「今夜も無理かなあ？　……」夜空を見上げてマリアが言うとジュリーが

「あ！」と言って指差した。その先を2人が寄り添って見ると、昴《すばる》のような星の塊《かたまり》が少しずつ光を明るく輝かせながら段々と大きくなってきた。すると他の星を飲み込むように暗い影が夜空いっぱいに広がった。

異常警報が響き始めた。署長もタノイ公園に駆け付けた。軍や記者などのヘリコプターが飛び交い、空も地上もパニックだった。ニュースの一面を飾った。

「あれは何だ!? ど、どうすればいい?」あたふた署長はのどが嗄れたような声で言った。

「落ち着いてください。皆にも自粛をするように規制してください。大事な交渉に入れません」

「交渉?」

「そうです」

「地球の未来が掛かった交渉です。大統領にもお伝えください。この敷地にも侵入を避けてください」

「わ、分かった」署長は指示にまわった。

夜明け前に大統領命令で領域への侵入が禁止され、空と公園は静かになった。すると飛行船の中央辺りから一筋の光がタノイ公園の中央に伸びてきた。

「フロルロ……」ジュリーが声を掛けた。ジュリーが向かっていくと光から宇宙服姿の背が低い者が3人現れた。ジュリーが近付くと手招きしていた。ジュリーが
「こっちに来て」2人を呼んだ。2人は顔を見合わせてからジュリーの方に向かった。

「初めまして」マリアは緊張を取り払うように言った。ジュリーは通訳すると「初めまして、ご迷惑をお掛けしました」と返ってきた。そして光の輪の中へ誘うように手招きしていたので恐る恐る入って行った。すると体が浮き上がるように飛行船へと昇っていった。

「わ！」２人は今、大変な状況に置かれていることを実感していた。飛行船内の重力は少し軽く感じられた。出入り口が閉じて別の部屋に体が少し浮いて移動した。部屋と言っても体育館並みの大きい客間といったところだろう。周りは透明の壁で覆われて宇宙服を着ていない者たちが席についていた。よく見ると3本足、尻尾？　なのか、背もたれがない丸い椅子が置かれていた。どうやら地球環境に近い状態で部屋は保たれているようだ。

　ジュリーが

「座って」と言った。腰を掛けると別のドアが開き、小型のヘッドフォンのような物を持ってきた。

「こめかみに着けて」とジュリーが装着して見せた。同じように装着すると

「私の声が聞こえますか？」と感じるように話しかけてきた。２人は顔を見合わせてから

「はい」と返事をした。それが聞こえたのか、周りの観客?たちが小さく手を振るようなしぐさをしていたので、マリアも同じような仕草を観客にして見せた。すると、「わー、ありがとう」と言う言葉が複数聞こえてきた。どうやら通訳機のようだ。

「私はマリアです」

「僕はジョンです」複数の声で
「宜しくマリア、ジョン」と返ってきた。

「わたくしたちは約5万光年遠くの星から旅をしてきました。この星で水分補給の為、立ち寄りました」それが15年ほど前のようだった。機械の誤動作でゼリーが1個体落下してしまったようで、気付くまでに10年経っていて、それから戻ってきたと言う。そして捜索の為にゼリーとゼリーが引き合うのを見込んで公園辺りに1個体投下したと言った。

マリアは今まで大変だった経緯を話した。すると観客も掌を合わせ、頭を垂《た》れて、「申し訳ありません」と返ってきた。それは『旅人の謝罪』だった。

消された記憶

マリアは
「ジュリーと転移されて亡くなった人たちの命は？」率直に尋ねると
「実はわたくしたちの脳にはゼリーが宿っています」
「ええ？」
「命を繋ぐために使用しています。どうしても寿命を延ばしたくて、それに過酷な状況も乗り越えなくてはなりませんでしたから」
「じゃあ、生き返る手立ては？」
「わたくしたちの技術ならあります、遺体が冷凍状態なら脳幹に記憶されたゼリーを培養して入れれば、おそらく体内の細胞も復活するかと」その回答にマリアは
「但し、人間の能力や寿命にさせていただけるのでしょうか？」
「分かっています、わたくしたちも地球の生態を崩すことを好みませんから」
話し合いで、まずジュリーのゼリーを取り出し、それをそれぞれの記憶に培養をす

ることになった。マリアたちは地上のパニックをよそに飛行船内を案内してもらい、色々な話を聴かせてもらった。
恒星の膨張という苦難で母星を捨て飛び出し、たまたまこの飛行船は色んな困難を乗り越え、色んな生命体と関わってきたこと。手助けのつもりで一部の生物を手助けした結果、その星の生態が激変させてしまったことなど。その為に生態は崩さないように注意しているという。でも最後に
「あなたたちには何も残されません」と言った。今はその言葉の意味が理解出来なかった。

マリアたちは地上に戻った時、署長が近付き
「ご苦労だったな」と言われた。思わず空を見上げると太陽が昇り始めていた。

「よく無事に戻ってきたな」

「ええ？」マリアたちは署長の言う事を理解出来なかった。ゼリーで亡くなった人は全員生き返ったと言う。

「どうして？」

「何を言っているんだ？　君たちが宇宙船に行って、交渉したおかげじゃないか」と

署長が不思議そうに言った、マリアたちは
「飛行船!?」もう一度上を見たが飛行船は消えていた。
「しっかりしてくれよ、君たちの活躍した記者会見が待っているんだぞ？」
「活躍……？」マリアたちの記憶には飛行船の出入り口が閉じた時までの記憶だけしか残っていなかった。
「署長、詳しく説明してください！」と言うと
「なに？　……」
署長の説明では、SPのジュリーが大統領に再会して、タノイ公園で遺体を全て飛行船に吸い上げ、遺体を生き返らせて戻したらしい。そのジミーも窮屈だった車のところまでしか記憶がなく。他の人も転移前の記憶しか残っていなかった。最初のカップルも無事に戻ったそうで、めでたしめでたしの状況だった。当然ながら記者会見は中止、大統領の権限だった。
「僕たちは飛行船で何をしたのでしょうか？」ジョンに聞かれたマリアも即答が出来ず
「あ～む、思い出せないわ。きっとキレイに記憶を消されたのでしょう。でも解決されて、感謝もされて良かったんじゃない？　特別予算も下りて、またサブロクを走ら

せましょう」

「え!?（また……ですか）」

「多分、私達が飛行船に上がったところまでの記憶を残してくれたのも、彼らはきっと置き土産として残してくれたのよ」

「はあ……」

その頃、飛行船は太陽系を抜けていた。彼らにとって、地球は只の通過点の一部に過ぎなかった。でも記憶に残されたのは言うまでもない。素晴らしい星の一つだったと。

大統領から国民栄誉賞をありがたく受けた2人だったが、スターシャ研究所には研究のサンプルとして取り残されたゼリーの一部が、うごめきながら2人の帰りをひそかに待っていた。

もし、あなたの周りで、急に超人的な人が現れたら、それは「謎のゼリー状生命体」の影響かも知れませんよ？　その時、興奮は控えめに。では。

END

著者プロフィール

koko

老若男女不詳。
和歌山県出身、愛知県在住。
現在うつ病で、療養しながらの執筆。
著書『彼女はミュータント』（文芸社　2020年）

謎のゼリー状生命体

2022年11月15日　初版第１刷発行

著　者　koko
発行者　瓜谷 綱延
発行所　株式会社文芸社
〒160-0022　東京都新宿区新宿1－10－1
電話　03-5369-3060（代表）
03-5369-2299（販売）

印　刷　株式会社文芸社
製本所　株式会社MOTOMURA

ISBN978-4-286-25009-0